El orgullo del vaquero

CHARLENE SANDS

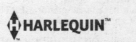

Editado por HARLEQUIN IBÉRICA, S.A.
Núñez de Balboa, 56
28001 Madrid

I.S.B.N.: 978-84-687-0378-7
Depósito legal: M-16905-2012
Editor responsable: Luis Pugni
Fotomecánica: M.T. Color & Diseño, S.L. Las Rozas (Madrid)
Impresión en Black print CPI (Barcelona)
Fecha impresion para Argentina: 31.12.12
Distribuidor exclusivo para España: LOGISTA
Distribuidor para México: CODIPLYRSA
Distribuidores para Argentina: interior, BERTRAN, S.A.C. Vélez
Sársfield, 1950. Cap. Fed./ Buenos Aires y Gran Buenos Aires,
VACCARO SÁNCHEZ y Cía, S.A.
Distribuidor para Chile: DISTRIBUIDORA ALFA, S.A.

Capítulo Uno

El cielo era de un azul limpio, sin nubes, el día lo bastante claro como para ver un taxi subiendo por la polvorienta carretera que llevaba hasta la casa principal del rancho Worth, en Arizona.

–Parece que por fin ha llegado tu mujer –dijo Wes.

Clayton Worth miró hacia la carretera y asintió con la cabeza. Su capataz sabía que Trisha Fontaine no sería su mujer durante mucho tiempo. Todo el mundo en Red Ridge sabía que su matrimonio estaba roto.

–Tápate las orejas –Clay se quitó los guantes de cuero, intentando tranquilizarse. Porque no debería importarle que Trish llegase tres días tarde y que no la hubiera visto en casi un año–. Los fuegos artificiales están a punto de comenzar.

Wes Malloy esbozó una sonrisa.

–Romper con alguien nunca es fácil –le dijo, antes de alejarse discretamente.

El capataz había ayudado a su padre a mantener el imperio ganadero heredado de su bisabuelo. Nada importaba a Rory Worth más que la familia y el rancho y en su lecho de muerte le había hecho prometer que seguiría trabajando para dejarle a sus hijos esa herencia.

Pero Clay no había podido cumplir esa promesa.

Trish no solo se había negado a tener hijos sino que lo había acusado de engañarla con Suzy, una acusación que le dolió en el alma. Que lo abandonase para volver a Nashville fue la gota que colmó el vaso. Y si había tenido alguna duda sobre el divorcio, desapareció al escuchar el mensaje en el que le decía que había ocurrido algo importante y no llegaría a tiempo para la apertura de Penny's Song.

«Algo importante».

Debería haber estado allí. A pesar de la separación, el rancho para niños que estaban recuperándose de largas enfermedades, un rancho que ella lo había ayudado a crear, debería haber sido más importante para ella. Nunca pensó que Trish se olvidara de eso.

Y se había equivocado.

Clay se metió los guantes en el bolsillo trasero del pantalón y dio un paso adelante cuando el taxi se acercó. Pero al ver a Trish bajar del taxi se quedó sin aliento al recordar el día que la conoció, la primera vez que había visto esas larguísimas piernas en un evento benéfico en Nashville. Siendo una estrella de la música *country*, Clay a menudo había aparecido en galas benéficas porque sabía que su participación despertaba el interés de múltiples benefactores.

Se habían chocado por accidente detrás del escenario y él la había sujetado cuando estaba a punto de caer al suelo. Pero el vestido de Trish se había descosido hasta el muslo y al ver esa piel suave, firme, a Clay le había ocurrido algo extraño y poderoso. La invitó a cenar, pero Trish rechazó la invitación, esbozando una sonrisa mientras le ofrecía su tarjeta de visita, como un reto.

Y Clay nunca había podido resistirse a un reto o a una mujer hermosa.

Pero eso fue entonces.

–Hola, Trish.

–Hola, Clay –respondió ella.

Le sorprendía que su voz, ronca y suave, pudiera seguir afectándolo. Los suspiros de Trish le encendían la sangre y eso era algo que no había cambiado.

Llevaba la blusa arrugada y fuera del elástico de la falda de raya diplomática; un mechón de pelo rubio escapaba de la coleta y se le había corrido el carmín.

En resumen, Trisha Fontaine Worth, que pronto sería su exmujer, era un precioso desastre.

–Lo sé, no lo digas. Estoy horrorosa.

Clay decidió no responder.

–¿El viaje ha sido incómodo?

Trish se encogió de hombros.

–Siento mucho haberme perdido la apertura de Penny's Song. Intenté hablar contigo, pero no quería dejar un mensaje en el contestador.

Clay estaba furioso con ella por muchas razones, pero en aquel momento lo único que sentía era curiosidad. ¿Qué le pasaba? Nunca había visto a Trish tan… desastrada. ¿Qué había sido de la mujer capaz, organizada y siempre elegante que le había robado el corazón tres años atrás?

–Nunca pensé que te la perderías –dijo Clay. Se habían hecho daño mutuamente, pero en lo único que siempre habían estado de acuerdo, lo único que tenían en común, era la fundación Penny's Song.

–Yo tampoco y te aseguro que intenté venir…

Clay escuchó una especie de gemido desde el interior del taxi.

–No me digas que has traído un perro.

–No, no, es la niña. Creo que se ha despertado. ¿La niña?

Trish se inclinó sobre el asiento trasero del taxi para sacar a un bebé envuelto en una mantita rosa.

–No pasa nada, cariño, ya hemos llegado –murmuró, antes de volverse hacia él–. Se ha dormido durante el viaje.

Clay dio un paso adelante para mirar al bebé de pelo rubio y ojos azules, del mismo tono que los de Trish. Él no sabía mucho sobre bebés, pero estaba seguro de que aquel tenía al menos cuatro meses. Y Trish lo había dejado un año antes, de modo que no era difícil hacer los cálculos.

Su corazón empezó a latir como loco.

–¿De quién es ese bebé?

Trish sacudió la cabeza.

–No es lo que crees. El bebé no es tuyo.

Clay tragó saliva. La implicación estaba ahí, bien clara, haciendo que se le encogiera el estómago.

Había tenido muchas relaciones cuando era una estrella de la música *country*, pero desde que conoció a Trish nunca la había traicionado. Ni cuando estaba de gira ni luego, cuando volvió al rancho de su familia. Incluso durante aquel año que habían estado separados le había sido fiel.

Y maldita fuera, esperaba lo mismo de ella.

—¿Pero es hija tuya?

Ella asintió con la cabeza, mirándolo con cierta tristeza.

—Sí, es mía.

Clay soltó una serie de palabrotas que habrían asustado hasta a sus compañeros de póquer. No sabía qué lo turbaba más, que hubiese mantenido en secreto el embarazo o que aquel bebé no fuera hija suya, lo cual significaría que Trish lo había engañado.

—¿Es mi hija?

Trish palideció, como si la hubiera insultado. ¿Creía que podía aparecer allí con un bebé que no era suyo como si fuese lo más normal del mundo? ¿Que le daría la bienvenida a su casa y los aceptaría a los dos sin cuestionarlo siquiera? Trish había ido allí para tramitar el divorcio y cuanto antes lo hiciese, mejor.

—No, Clay, no es tu hija —respondió, como si la idea fuera absurda y él fuese un idiota por pensarlo—. Pero no ha habido nadie más.

Atónito, Clay se echó el sombrero hacia atrás y cruzó los brazos sobre el pecho.

—Estoy esperando una explicación.

Ella respiró profundamente, su expresión se suavizó cuando miró al bebé.

—Voy a adoptarla.

¿Adoptarla?

Clay parpadeó, sorprendido. ¿No le había dicho Trish mil veces que no estaba preparada para ser madre? ¿No le había dicho que necesitaba tiempo? ¿No era ella la responsable de que no hubiera podido cumplir la palabra que le había dado a su padre en su lecho de muerte?

–No entiendo nada.

–¿Podemos hablar dentro? Meggie tiene calor.

Clay señaló la puerta.

–Lleva dentro al bebé, yo sacaré tu maleta del taxi.

–Gracias –murmuró Trish–. Hay varias cosas en el maletero. He descubierto que los bebés necesitan mucho equipamiento.

Trish oyó a Clay hablando con el taxista mientras recorría el camino bordeado de lirios blancos y jacintos rojos. Todo estaba igual que antes, pensó mientras subía los escalones del porche que rodeaba la espaciosa casa de dos plantas.

La primera vez que Clay la llevó allí se había quedado sorprendida por la grandiosidad del rancho Worth, rodeado por las montañas Red Ridge. Aunque estaban locamente enamorados, habían decidido esperar un poco antes de tener hijos. Sin embargo, tras la muerte de su padre, Clay estaba decidido a tener un hijo lo antes posible.

El repentino cambio de planes la había dejado sorprendida porque entonces no estaba preparada para la maternidad. Ni siquiera lo estaba en aquel momento. Pensar que pudiese hacer mal algo tan importante como criar a un hijo le daba pánico y no quería cometer los mismos errores que sus padres. Pero Meggie había aparecido en su vida y Trish no estaba dispuesta a separarse de ella.

Una ola de nostalgia la envolvió al entrar en la casa.

–Oh, Meggie…

Una vez había sido feliz en aquella casa. Echaba de menos vivir en el rancho, pero no sabía cuánto hasta que entró allí, donde Clay y ella habían empezado su vida de casados y donde habían sido felices hasta que empezaron a aparecer obstáculos en su camino. Y aunque Clay la culpaba a ella, su obcecado marido también había sido responsable de la ruptura.

El ama de llaves salió de la cocina y se detuvo de golpe, mirando a Meggie con cara de sorpresa.

–Me alegro de verla, señora Worth. Bienvenida a casa –la saludó.

–Hola, Helen. También yo me alegro de verte –dijo Trish. Pero no estaba en casa. Y después de hacer lo que tenía que hacer no pensaba quedarse mucho tiempo–. Me alojaré en la casa de invitados mientras esté aquí.

–Sí, Clayton me lo ha dicho. Lo tengo todo preparado, pero no esperaba…

–Lo sé. Se llama Meggie.

Helen tocó la mantita de la niña.

–Es guapísima.

9

–Sí, lo es –Trish inclinó la cabeza para besar la frente de la niña. Habían atravesado el país para llegar hasta allí, un viaje que las había dejado agotadas a las dos.

El ama de llaves siempre había sido muy protectora y maternal con los hombres de la familia Worth y Trish sospechaba que no le caía particularmente bien después de haber abandonado a Clay. Por supuesto, dudaba que Helen conociese los detalles de su ruptura y ella no iba a contárselos.

–¿Quiere tomar un café? Acabo de hacerlo.

–No, gracias. Vamos a sentarnos en el salón un momento para esperar a Clay.

Helen asintió.

–Si puedo hacer algo por usted, dígamelo.

¿Qué tal un curso rápido de maternidad? Trish podría escribir un libro sobre lo que no sabía sobre criar a un bebé.

–Gracias –le dijo–. Me alegro de volver a verte, Helen.

La mujer sonrió.

–Estaré en la cocina si me necesita.

Trish entró en el salón y se detuvo de golpe, los recuerdos hicieron que se le encogiera el estómago. Unos recuerdos dolorosos que amenazaban con robarle la poca energía que le quedaba. No había esperado sentir aquella abrumadora tristeza, pero estar de nuevo allí, casi un año después de su partida, le recordaba las discusiones con Clay...

Durante los últimos meses discutían sin parar y una noche, cuando volvió al rancho después de un viaje inesperadamente cancelado, entró en el salón dispuesta a reencontrarse con su marido y terminar aquel día de una manera feliz… y se encontró a Clay con Suzy Johnson. En el sofá, juntos, tomando una copa de vino y riendo a saber de qué. Y esa escena era lo último que necesitaba.

Suzy era una chica del pueblo, amiga de la familia Worth de toda la vida, y estaba esperando en la cola para tener una oportunidad con Clay.

Trish apretó los dientes, diciéndose a sí misma que no debía pensar en eso. No debía mirar atrás.

Se sentó en el sofá, tumbando a Meggie a su lado. La niña la miraba con sus ojitos brillantes, contenta de poder mover las piernecitas. Pero fue entonces cuando vio que tenía el pañal manchado.

–Ay, porras –murmuró, sacudiendo la cabeza al recordar que había dejado la bolsa de los pañales en el taxi. Ella era una persona inteligente, pero nunca hubiera podido imaginar lo difícil que era cuidar de un bebé.

La maternidad estaba dándole un revolcón.

–Ten paciencia conmigo, cariño. Sigo aprendiendo.

Clay entró en el salón en ese momento y a Trish se le aceleró el corazón. Casi había olvidado lo guapo que era. Casi había olvidado su cruda sensualidad. Eso y un encanto innato que hacía a la gente volver la cabeza. Al principio de su relación había luchado para no enamorarse, aunque no había rechazado ser su representante. Un contrato con una superestrella de la música, incluso en los años finales de su carrera, era muy importante y ella nunca mezclaba los negocios con el placer.

Pero Clay tenía otras ideas y, una vez que dejó de resistirse a lo irresistible, se había enamorado como nunca.

–Eres la mujer perfecta para mí –le había dicho él. Y Trish lo había creído durante un tiempo.

Clay se detuvo frente a ella, con la bolsa de los pañales en la mano.

–¿Esto es lo que necesitas?

Trish miró los vaqueros, que se le ajustaban a los muslos, la hebilla plateada del cinturón con la famosa W del rancho y el triángulo de vello oscuro que asomaba por el cuello de la camisa de cuadros. Antes le encantaba besarlo ahí…

Cuando levantó la mirada se encontró con unos ojos castaños que parecían ver dentro de su alma. Una vez había sido capaz de derretirle el corazón con esa mirada y se preguntó si estaría derritiendo el de Suzy Johnson.

–Sí, gracias.

Clay dejó la bolsa sobre la alfombra y se sentó frente a ella en un sillón.

–¿Vas a contármelo? –le preguntó.

Trish no sabía cómo empezar; en parte porque ni ella misma lo creía, en parte porque sabía cuánto deseaba Clay tener hijos. Que ella supiera, nadie había sido capaz de negarle nada a Clayton Worth, que se había convertido en una estrella de la música siendo muy joven y se había retirado con treinta y cinco años para dirigir el imperio Worth. Era un hombre sano, guapo, rico y admirado, un hombre acostumbrado a hacer las cosas a su manera. Todo en la vida le había resultado fácil, al contrario que a ella.

Trish había trabajado mucho para hacerse un nombre en la profesión y cuando Clay se mudó al rancho, ella mantuvo su negocio en Nashville, dividiendo su tiempo entre un sitio y otro. Entonces él parecía aceptar la situación. Sabía que tener un hijo hubiera significado que Trish renunciase a sus sueños.

De niña, sus padres habían estado tan ocupados cuidando de su hermano Blake, enfermo de cáncer, que ella había pasado a un segundo lugar. Cada momento, cada segundo de energía estaban dedicados a atender a su hermano.

Trish había aprendido pronto a defenderse por sí misma y a ser independiente, aferrándose a las cosas que la hacían fuerte: su carrera universitaria y más tarde su negocio.

La idea de dejarlo todo para formar una familia era algo inconcebible para ella.

—¿Recuerdas que te hablé de Karin, mi amiga del colegio que vivía en Europa? —le preguntó.

Clay asintió con la cabeza.

—Sí, lo recuerdo.

—Su marido murió hace un año. Karin volvió a Nashville destrozada y poco después descubrió que estaba embarazada.

Trish miró a Meggie, que había girado la cabeza para observar a Clay con curiosidad. La niña tenía buen instinto, pensó, intentando contener las lágrimas mientras le contaba la historia.

–Karin se había quedado sola, de modo que yo estuve a su lado cuando Meggie nació. Fue algo tan...

No pudo terminar la frase. Pero ver nacer a Meggie, tan arrugada y pequeñita, y oírla llorar por primera vez, había sido una experiencia absolutamente increíble para Trish. Nunca había esperado sentir algo así.

–Karin tuvo complicaciones en el parto y estuvo muy delicada durante varios meses, pero el mes pasado sufrió una infección contra la que no pudo luchar.

Trish cerró los ojos, intentando contener el dolor.

–Lo siento mucho –murmuró Clay.

–Me hizo prometer que cuidaría de su hija si algo le ocurría a ella y eso es lo que estoy haciendo.

Jamás había pensado que tendría que cumplir esa promesa. Jamás pensó que Karin pudiese morir, pero había sido así y ahora su hija dependía de ella.

–Soy la tutora legal de Meggie –le explicó– y pienso adoptarla en cuanto sea posible.

Clay miró a la niña de nuevo.

–¿No tiene familia?

–La madre de Karin está en una residencia y los padres de su marido murieron hace años, de modo que yo soy su única familia –respondió Trish, mientras sacaba un pañal de la bolsa e intentaba ponérselo, tarea nada fácil para ella–. Estoy haciendo lo que puedo, pero todo esto es nuevo para mí... Meggie tuvo fiebre la semana pasada y no podía viajar con ella enferma, por eso no he podido venir antes.

Había aceptado alojarse en la casa de invitados durante un mes, mientras organizaba la gala de inauguración de Penny's Song. Y mientras estuviera allí terminarían legalmente con su matrimonio.

–En estas circunstancias, me sorprende que hayas venido.

–Penny's Song sigue siendo importante para mí, Clay. Tal vez más que para mucha gente después de ver lo que sufrió mi hermano. Y más ahora que tengo una hija –Trish hizo una mueca al darse cuenta de lo que había dicho, pero no había amargura ni enfado en los ojos de Clay y eso hizo que se enfrentase a una amarga realidad.

«Va a divorciarse de ti. Ya no le importas».

Había recibido los papeles del divorcio unos meses después de marcharse del rancho, pero no había tenido valor para terminar con su matrimonio. Encontrarse cara a cara con Clay cerraba el círculo y se le encogía el corazón de pena. Una vez estuvieron tan enamorados… pero todo había cambiado. Ahora tenía una hija y debía ordenar su vida. Vería el final de un sueño y el comienzo de otro, se dijo.

Después de cerrar el pañal, Trish tomó a Meggie en brazos para apretarla contra su corazón.

–Ya estás limpita.

La niña le echó los bracitos al cuello, apoyando la cabeza en su hombro y haciéndole cosquillas con sus rizos.

–Deberías habérmelo contado, Trish.

–Y tú deberías haber respondido a mis llamadas.

Clay hizo una mueca. Los dos eran testarudos cuando creían que tenían razón, por eso habían discutido tan a menudo.

–Además, ya no compartimos nuestra vida –siguió Trish.

Él se pasó una mano por la cara.

–Te acompaño a la casa de invitados.

Con la niña en brazos, Trish se levantó del sofá y tomó la bolsa de los pañales, pero cuando iba a colgársela al hombro Clay se la quitó de la mano.

–Deja, la llevaré yo.

Sus dedos se rozaron y Trish tuvo que disimular un suspiro. Y cuando miró a Clay, en sus ojos vio un brillo que no podía disimular. También él había sentido esa conexión, esa descarga.

Se quedaron en silencio durante un segundo, sin moverse, mirándose a los ojos…

–¿Estás ahí, Clay? –escucharon entonces una voz femenina–. He hecho galletas para los niños y he pensado que te gustaría probarlas.

Suzy Johnson acababa de entrar en la casa con una sonrisa en los labios, un vestido de flores azules y una bandeja en la mano.

–Ah, perdón –dijo al ver a Trish–. La puerta estaba abierta y… en fin, no sabía que…

–No pasa nada –dijo Clay–. Gracias por las galletas.

La joven miró a Meggie y estuvo a punto de dejar caer la bandeja.

Suzy Johnson, amiga de Clay desde que eran niños, siempre estaba pasando por allí para llevar pasteles o galletas, para pedir favores o para recordar con él su infancia en Red Ridge. Y cada vez que aparecía, Trish se sentía como una extraña, de modo que ver que por una vez que Suzy se sentía incómoda le produjo cierta satisfacción.

–Voy a dejar las galletas… en la cocina –murmuró la joven.

Cuando desapareció, Trish se volvió hacia Clay.

–Veo que no ha cambiado nada –le dijo, intentando disimular su pena.

Capítulo Dos

Clay parecía molesto mientras iban hacia la casa de invitados, pero Trish estaba demasiado cansada como para preocuparse de su mal humor.

Aunque llevaban casi un año separados, era irritante que Suzy Johnson siguiese apareciendo allí en cualquier momento, siempre sonriente y siempre llevando algún pastel.

Trish apretó los labios. Cuanto antes firmasen los papeles del divorcio, mejor. Pero, por el momento, poner cómoda a Meggie era su prioridad.

Ella era una persona muy organizada; de hecho, en parte se ganaba la vida gracias a esa cualidad. Hacía listas, se ponía objetivos, por eso había tenido éxito como publicista. Tenía un don para encontrar músicos con talento y para hacer que sus carreras durasen todo lo posible.

Pero no tenía planes de ser madre. Ninguno. Y estaba aprendiendo de la manera más dura que los bebés no aceptaban la agenda de los adultos. Eran impredecibles, sus necesidades tan imperiosas que uno debía olvidarse de todo lo demás. Cada día era un reto y Trish tenía que aprender a improvisar.

Clay abrió la puerta de la casa y le hizo un gesto para que entrase.

–Tus maletas están en el dormitorio principal –le dijo, dejando la bolsa de los pañales sobre el sofá.

–Gracias.

Una vez, Trish se había enamorado de aquella casita y había decidido poner su sello allí, recordó mirando alrededor. La combinación de piel y ante en tonos crema le daba un toque cálido a la habitación, las esculturas de bronce sobre mesas de cristal y los cuadros en las paredes creaban un ambiente agradable para los invitados.

Pero parecía como si nadie hubiera puesto el pie allí. Todo estaba como ella lo había dejado, ni un mueble ni un objeto decorativo se habían movido de su sitio. Claro que eso cambiaría en un abrir y cerrar de ojos.

Los bebés provocaban el caos, incluso los de cuatro meses que aún no gateaban. Meggie, sin embargo, solía rodar por el suelo como una bolita y Trish sabía que debía darle espacio.

–Si necesitas ayuda, puedes pedírsela a Helen. Ya sabes que tiene tres nietos.

–¿Ya son tres? Solo tenía dos cuando… yo vivía aquí –Trish terminó torpemente la frase.

–Jillie tuvo otro hijo, un niño esta vez.

–De modo que Helen tiene dos nietas y un nieto. Seguro que eso la mantiene muy ocupada.

–Cuando no está aquí, normalmente está con ellos.

Trish solía preguntarse si su madre aceptaría a Meggie y la querría de forma incondicional, pero en el fondo sabía que no sería así. Su madre le había dado a su hermano Blake todo lo que tenía y cuando se recuperó del cáncer nunca volvió a ser la misma. Tal vez fue debido a la presión, a la constante angustia o al cansancio, pero su madre nunca se había emocionado ante la idea de ser abuela.

Meggie se movió en sus brazos mientras Clay las observaba con expresión curiosa.

–Será mejor que la deje en el suelo unos segundos.

Trish se inclinó para sentar a la niña en la alfombra, con la espalda apoyada en el sofá. Meggie movió los bracitos y empezó a reír, contenta.

–Así estás mejor, ¿verdad, cariño? –Trish se incorporó–. No es bueno tenerla en brazos todo el tiempo.

Clay asintió con la cabeza.

–¿Necesitas ayuda?

–No, gracias.

–Pero la niña necesitará una cuna.

–Llamaré a una empresa de alquiler y mañana me traerán todo lo necesario.

–¿Pero dónde va a dormir esta noche?

Trish dejó escapar un suspiro.

–Conmigo –respondió–. La verdad es que no duermo mucho. Me despierto a todas horas para ver si está bien… duerme tan profundamente que a veces me pregunto si ha dejado de respirar. Imagino que a todas las madres les pasará lo mismo.

Clay asintió como si lo entendiera, pero Trish vio un interrogante en sus ojos. Nadie sabía lo que era la paternidad hasta que la experimentaba en carne propia.

En los últimos meses, las emociones de Trish habían sido como una montaña rusa, yendo de la alegría cuando Meggie tomaba el biberón hasta la más profunda tristeza cuando no quería comer o se quejaba porque le dolía algo.

–Helen ha llenado la nevera –dijo Clay.

–Muy bien. Pero me gustaría ver Penny's Song en cuanto sea posible.

El divorcio no era la única razón por la que había vuelto al rancho Worth. La fundación Penny's Song era importante para ella, aunque el plan de estar allí desde el principio hasta el final de la construcción se hubiera esfumado cuando su matrimonio se rompió.

–¿Mañana por la mañana te parece bien?

–Sí, muy bien. He pensado mucho en ello. Me preguntaba si todo sería como yo lo había imaginado.

La expresión de Clay se suavizó.

–Es todo eso y mucho más. Ver a los niños allí… en fin, la verdad es que me siento muy orgulloso.

Penny Martin, una niña de Red Ridge, no había tenido tanta suerte como su hermano Blake. Aunque había luchado valientemente, por fin había perdido la batalla contra la leucemia a los diez años. Su muerte había hecho germinar la idea de usar unos terrenos del rancho para construir la fundación y Trish la había apoyado al cien por cien. Penny's Song sería un consuelo para los niños que habían perdido su infancia debido a una enfermedad y los ayudaría a sentirse normales tras su recuperación.

–Estoy deseando ver cómo ha quedado.

–Puedo llevarte a las nueve, si no es demasiado temprano.

–¿Temprano? Ya me gustaría –Trish sonrió–. Meggie se despierta al amanecer.

Clay estaba mirando a la niña, que se había tumbado boca abajo y estaba rodando hacia la chimenea como una bolita.

–Parece que quiere escaparse.

–¡Meggie!

Clay se inclinó para levantar a la niña antes de que se tirase encima los hierros de la chimenea.

–Eres muy rápida, ruedas como una pelota –le dijo, apretándola contra su pecho.

Meggie no lo conocía, pero no lloraba. Al contrario, parecía encantada con él. Ojalá Trish pudiese decir lo mismo. Pero, por dentro, su corazón se rompía al ver a Clayton Worth, el rudo vaquero, sujetando a un bebé con sus fuertes brazos.

Podría haber estado mirándolos durante horas, pero Clay no le dio tiempo.

–Toma –dijo, poniéndola en sus brazos–. Imagino que te tiene muy ocupada.

–Sí, desde luego –asintió Trish–. Pero al menos duerme bien.

Él miró a la niña por última vez antes de darse la vuelta.

–Si cambias de opinión –le dijo, con la mano en el picaporte– puedo pedirle a Helen que venga a echarte una mano.

–No, no hace falta.

Cuando Clay salió de la casa, Trish cerró los ojos. La última media hora había sido la más difícil de su vida. Verlo de nuevo le dolía tanto… y verlo con Meggie en brazos era como echar sal sobre una herida.

«Está deseando que firmes los papeles del divorcio. Nunca te ha entendido de verdad. Probablemente tiene una aventura con Suzy».

Todas razones para mantenerse a distancia y olvidarse de su atractivo, de su preciosa sonrisa y de los buenos tiempos que habían compartido.

Tal vez aún no tenía controlada la maternidad, pero su obligación era sobrevivir y, para hacerlo, debía recordar por qué había ido al rancho Worth.

Para divorciarse de Clay.

Clay caminaba a toda velocidad hacia su casa.

Trish tenía una hija. No sabía si iba a poder acostumbrarse a la idea. Trish había destrozado su matrimonio negándole hijos cuando él tenía más dinero y más recursos que el noventa y nueve por ciento de la población para mantener a una familia. Pero Trish no había confiado en él y, además, lo había acusado de mantener una relación con Suzy Johnson…

La aparición de Trish con la niña lo había dejado estupefacto. Tal vez debería haber dejado que los abogados se encargasen de todo, pero la verdad era que quería volver a verla, quería terminar con aquel matrimonio de manera civilizada. Ese había sido el plan.

Seguía siendo el plan, se recordó a sí mismo.

Clay entró en casa y cerró la puerta con demasiada fuerza.

–¿Eres tú, Clayton? –escuchó la voz de Helen en el piso de arriba.

Y después oyó un estruendo.

–¿Helen?

–Estoy aquí, en el ático. Y necesito ayuda.

Clay subió las escaleras de dos en dos y cuando llegó al primer piso giró a la derecha, hacia la escalerilla que llevaba al ático.

–¿Se puede saber qué haces?

–He tenido que apartar un montón de cosas, pero he encontrado una cuna –respondió el ama de llaves–. También hay sábanas y mantitas. Hay que lavarlo todo, pero están en buenas condiciones.

Clay dejó escapar un suspiro de alivio.

–No deberías haber subido sola. Podrías haberte hecho daño.

–Tonterías. Venga, tenemos que bajar todo esto.

–Trish va a alquilar una cuna en el pueblo.

–¿Para qué si tenemos una aquí? Esa mujer necesita ayuda, Clay.

Helen nunca se metía en su vida, de modo que no había crítica en ese comentario. Y tenía razón; Trish parecía agotada.

Además, él no discutía con Helen, que siempre había sido como una madre para sus hermanos y para él.

–Muy bien, de acuerdo.

Dos horas más tarde, Clay había montado la cuna

de nogal en el dormitorio principal de la casa de invitados y cuando se volvió encontró a Trish con un vaso de té helado en las manos.

–Imagino que tendrás sed después de tanto esfuerzo.

Él se lo tomó de un trago.

–Ah, justo como a mí me gusta.

–Algunas cosas no cambian nunca –bromeó Trish.

¿Era una crítica o un comentario burlón?

–No sé cómo darte las gracias –dijo luego–. No tenías por qué hacer esto, pero a Meggie le encantará.

Clay no quería sonreír, pero no pudo evitarlo. Trish se había puesto unos vaqueros y una blusa de cuadros rojos, pero incluso con la ropa más sencilla tenía un aspecto elegante. Y su pelo rubio, mojado, olía a limón y a azúcar.

–Será mejor que me vaya.

Ella asintió con la cabeza, tomando las sábanas recién lavadas y secas.

–Te acompaño a la puerta.

La niña levantó la cabecita en ese momento, mirándolo con unos ojitos tan azules como las aguas del lago. Era preciosa, tuvo que reconocer, con las mejillas regordetas y los diminutos rizos rubios.

–Vaya, mira quién se ha despertado –dijo Trish, sonriendo.

Clay puso la mano en el picaporte. Él no debía estar allí, no era parte de aquel escenario feliz.

–Buenas noches –se despidió, mientras Trish levantaba a la niña del suelo.

Madre e hija.

–Hasta mañana.

Clay abrió la puerta y la cerró tras él.

Había hecho su buena obra del día.

Sacar a Meggie de la cuna, darle el biberón, bañarla y vestirla fue el típico remolino de actividad al que Trish aún no estaba acostumbrada. A las nueve en punto, después de vestirse a toda prisa, se sujetó el pelo en una coleta y se puso brillo en los labios.

Estaba deseando ver Penny's Song por primera vez. Solo había visto los planos mientras diseñaba el rancho con Clay y se preguntó si la realidad estaría a la altura de sus sueños.

Afortunadamente, cuando sonó el timbre estaba lista. Tenía la bolsa de los pañales con lo esencial, una niña bien descansada y comida y unos nervios de acero. Al menos, eso era lo que se decía a sí misma.

Mientras iba hacia la puerta se preparaba para ver a Clay otra vez. Aquel día debían hablar del divorcio, no tenía sentido retrasar lo inevitable.

Suzy Johnson tendría derecho legal a clavar sus garras en él.

Pero cuando abrió la puerta se quedó sorprendida al ver que no era Clay sino una joven de pelo oscuro.

–Hola, soy Callie Worth, la mujer de Tagg. Espero que no te importe que haya pasado por aquí.

–No, claro que no. Encantada de conocerte –dijo Trish–. ¿Quieres entrar?

Trish sabía que Tagg se había casado, de modo que, al menos por el momento, Callie y ella eran cuñadas.

–Me gustaría mucho, pero sé que os marcháis a Penny's Song. He hablado con Clay esta mañana y me ha contado lo de la niña –respondió Callie.

–¿Clay te ha hablado de Meggie?

–Sí, me ha dicho que es una niña preciosa.

–Desde luego que sí.

–Nosotros estamos esperando un bebé –dijo Callie, tocándose el abdomen.

Trish se dio cuenta entonces de que su blusa parecía un poco abultada.

–Me alegro por ti y por Tagg… –el llanto de Meggie desde la cuna hizo que interrumpiese la frase–. ¿Por qué no entras un momento?

Callie la siguió al dormitorio y encontraron a la niña despierta, con los ojos abiertos de par en par.

–Te presento a Meggie.

La niña llevaba un vestidito de color amarillo con una margarita gigante en la pechera y calcetines a juego.

–Hola, Meggie. Pareces lista para dar un paseo –la saludó Callie, volviéndose hacia Trish–. Me han contado lo que le pasó a tu amiga y lo siento mucho.

–Sí, yo también. La echo de menos.

–Tú eres la mejor amiga que pueda tener nadie. Que te hayas hecho cargo de su hija es maravilloso.

–Gracias –murmuró Trish–. ¿Qué vas a tener, una niña o un niño?

Callie negó con la cabeza.

–Aún no lo sé, es demasiado pronto.

Como no había usado el cliché: «Me da lo mismo mientras esté sano», Trish decidió que aquella chica le caía bien.

–Clay me ha dicho que pensabas alquilar la cuna y todo lo demás, pero Tagg y yo nos volvimos locos comprando el otro día y tenemos de todo. Puedes pedirme cualquier cosa que necesites.

–¿En serio?

–Claro que sí. Puedo prestarte el cochecito, el moisés, el parque, la trona, juguetes… tengo de todo. Nosotros no vamos a necesitarlo hasta dentro de unos meses.

En otra ocasión, Trish no habría aceptado la oferta, pero Callie parecía sincera y su ofrecimiento le ahorraría tiempo y dinero.

–Sería estupendo. No he podido traer nada en el avión.

–Te llevaré el cochecito a Penny's Song, así Meggie podrá probarlo hoy mismo.

–No sé qué decir. Muchas gracias.

–De nada –Callie sonrió, apretando su mano–. Bueno, será mejor que me vaya. Clay estará…

–¿Clay estará qué? –escucharon una voz masculina.

Las dos se volvieron para verlo apoyado en el quicio de la puerta, la camisa negra dentro del pantalón vaquero y el pelo asomando bajo un Stetson. Allí estaba, un vaquero alto y fibroso con una sonrisa increíble y unos ojos que te derretían el corazón.

–Nos vemos luego –se despidió Callie–. Adiós, Trish.

–Adiós.

Conocer a la mujer de Tagg la había puesto de buen humor. No había esperado una bienvenida tan calurosa.

–Es muy agradable –le dijo cuando la joven desapareció.

–Sí, lo es –asintió Clay, poniéndose serio–. Antes de irnos, me gustaría hablar contigo.

Trish miró a Meggie, que estaba ocupada rodando por la cuna.

–Muy bien.

–Es sobre Suzy.

El buen humor de Trish desapareció. Se le encogía el estómago cada vez que escuchaba ese nombre, recordando las veces que Suzy había aparecido en el rancho tras divorciarse de su alcohólico marido. Al principio, Trish había sentido compasión de ella y le había ofrecido su amistad, pero unas semanas después había quedado claro que Suzy solo quería la amistad de Clay.

Tagg y Jackson la apreciaban, Wes la apreciaba. Todo el mundo decía que era estupenda, de modo que Trish la toleraba... hasta que un día estalló.

–Lo que haya entre Suzy y tú no es asunto mío –le dijo.

–Has sacado conclusiones precipitadas, Trish.

–Ya, claro, Suzy es una amiga. Vuestras familias se conocen desde siempre y...

–No es lo que crees. No lo ha sido nunca.

Meggie empezó a balbucear y Trish miró hacia la cuna, intentando contener sus sentimientos.

–Ya da igual.

–Quiero que sepas que vas a ver a Suzy en Penny's Song. Trabaja como voluntaria en la enfermería durante su tiempo libre y no voy a malgastar saliva defendiéndome a mí mismo cada vez que creas ver algo entre nosotros.

–No te defendiste ayer, cuando apareció con las galletas.

–¿De qué habría servido? Tú ya has tomado una decisión.

–Suzy aparece siempre en el momento adecuado –murmuró Trish– justo cuando yo acababa de llegar.

–La verdad es que no la he visto mucho en los últimos meses, solo cuando voy a Penny's Song.

Trish no lo creía. ¿Cómo iba a creerlo? Suzy había aparecido en el rancho en cuanto ella llegó, como si fuera su casa.

–La última vez que os vi juntos –empezó a decir, recordando el golpe final para su matrimonio– apareció en casa cuando sabía que yo estaba fuera.

–No apareció, la invité yo.

Trish parpadeó, sorprendida. ¿La había invitado él?

Se había marchado a Nashville después de una pelea y volvió unos días después con la intención de arreglar su matrimonio, pero los encontró sentados en el sofá, con sendas copas de vino en la mano, riendo. Trish se había sentido como una extraña en su propia casa, traicionada de la peor manera posible.

Suzy, que había usurpado su puesto, no pudo disimular una mueca de satisfacción. Esa había sido la gota que colmó el vaso y Trish había subido a su habitación para hacer las maletas.

No debería haberla sorprendido porque Clay había hecho lo mismo con las mujeres que la habían precedido y, sin embargo, fue como si le clavase un puñal en el corazón. Porque había sido tan tonta como para pensar que ella era diferente, que era única.

–Ah, la invitaste –murmuró.

–No me gusta que me acusen de algo que no he hecho, Trish. Deja que te lo aclare de una vez por todas: esa noche no ocurrió nada.

–¿No te has acostado con ella?

–No –respondió Clay, con una seguridad que la sorprendió.

–¿La has besado?

Él apartó la mirada.

–¡La has besado!

–¡Maldita sea, Trish, tú me abandonaste!

–Y nadie te había hecho eso antes –dijo ella.

Su ego no había podido soportar el golpe o tal vez se había dado cuenta de que ya no la amaba. Fuera cual fuera la razón, Clay ni siquiera había intentado arreglar su matrimonio. Sencillamente, había aceptado su decisión de marcharse.

–No, la verdad es que no, pero eso no es lo importante. Lo importante es que te fuiste de aquí.

–Y tú no hiciste nada.

Trish había esperado que la buscase, que intentase una reconciliación. La había llamado dos veces por teléfono, pero esas conversaciones no los habían llevado a ningún sitio.

—Estabas deseando pedir el divorcio.

—No es solo culpa mía –dijo Clay–. O me crees o no, es así de sencillo. Pero vamos a trabajar juntos organizando la gala de inauguración y quiero que empecemos de cero.

Trish no podía dejarlo pasar cuando aquello era algo que no había admitido nunca.

—¿Por qué invitaste a Suzy esa noche?

Él se pasó una mano por la cara.

—Necesitaba saber su opinión sobre algo.

—¿Sobre qué?

—Quería darte algo que pertenece a mi familia desde siempre.

—¿El collar de rubíes? –exclamó Trish. Había oído hablar del famoso collar Worth. Según la leyenda, ese collar había salvado al rancho de la ruina y había unido a Lizzie y Chance Worth, el tatarabuelo de Clay, cien años antes. Nunca lo había visto porque su marido lo guardaba en el banco…

Pero nada de aquello tenía sentido. Clay y ella no se entendían y último que haría sería regalarle una joya tan valiosa a una mujer que se negaba a darle hijos cuando él daba la orden.

—No, un anillo a juego que había encargado.

—¿Y por qué no me lo dijiste antes?

—Porque estaba enfadada. Que me acusaras de tener una relación ilícita con Suzy era injusto. Tu deberías haber sabido que yo no…

–¿Cómo iba a saberlo?

–Porque contigo siempre ha sido diferente –respondió Clay–. Yo nunca había querido casarme hasta que te conocí, Trish. Me casé contigo y creí que sabías lo que eso significaba. O se tiene confianza en alguien o no se tiene.

Hacía que algo tan complicado pareciese tan sencillo... pero ella sabía que no lo era. Tener confianza plena en alguien era algo que no había podido hacer nunca, tal vez porque se había llevado demasiadas desilusiones en la vida.

–No siempre es tan sencillo.

–A veces lo es –replicó él.

Meggie se movió en la cuna, impaciente, y Trish la tomó en brazos para consolarla. Aunque era ella quien necesitaba consuelo.

–Creo que deberíamos irnos.

Clay apretó los labios, airado.

–Sí, vámonos de aquí.

Capítulo Tres

Era como un milagro.

Clay detuvo la camioneta en la cima de una colina, desde donde podía verse Penny's Song, y Trish guiñó los ojos para ver el rancho. Aquel había sido su sueño, el de los dos. No era el escenario de una antigua película del oeste sino un rancho auténtico.

–Es maravilloso, Clay…

–Lo sé –dijo él.

Nada estaba resuelto entre ellos y Trish no lo esperaba, pero al menos tenían el rancho. Si su matrimonio no se hubiera roto lo habrían hecho juntos, pero eso no era lo más importante. Lo importante era que los niños se beneficiarían de Penny's Song. Sus vidas mejorarían gracias a aquel sitio, donde harían amigos y donde se recuperarían después de meses o años de hospitalización.

Trish pensó en su hermano y en lo difícil que había sido su recuperación. Cuando volvió al colegio, Blake se sentía como pez fuera del agua, incapaz de relacionarse con sus amigos como antes. En Penny's Song habría estado con otros niños que habían pasado por lo mismo que él…

–Aún no está terminado –dijo Clay–. Quedan algunas cosas por hacer.

Desde allí, los niños parecían miniaturas y Trish vio un par de ellos al lado del establo, otros frente a los corrales y a una niña persiguiendo a una gallina. Además del edificio principal, pintado de un color muy alegre, vio un *saloon*, una tienda y una cafetería.

–¿Cuántos han venido esta semana?

–Ocho, desde los siete a los catorce años, pero la semana que viene tendremos una docena.

Sin darse cuenta, Trish le puso una mano en el brazo, emocionada. Penny's Song había sido el sueño de los dos, el hijo que no habían tenido, lo único que ambos habían amado desde el principio.

–No me lo puedo creer.

Clay puso una mano sobre la suya.

–No puedo negar que estoy contento.

Se quedaron en silencio durante unos segundos, mirando aquel sitio como dos padres mirarían a su hijo. Estaban juntos en la cima de la colina, mirando el rancho que habían concebido juntos y, en ese momento, todo parecía estar bien.

Pero Meggie empezó a protestar desde su sillita de seguridad.

–Deberíamos ponernos en marcha –dijo Clay.

–Sí, claro.

Unos minutos después estaban visitando el rancho, con Clay llevando la bolsa de los pañales y Meggie en brazos de Trish. La niña parecía intrigada por los animales, pero sobre todo por los niños.

Una niña en particular, cuyos rizos dorados empezaban a crecer de nuevo, se acercó para mirarla con mucho interés y Trish se la presentó.

–Se llama Meggie y pronto cumplirá cinco meses.

–Es muy guapa.

–¿Cómo te llamas?

–Wendy.

–Encantada de conocerte, Wendy.

Meggie alargó la manita para tocar su cara y la niña sonrió.

–Yo voy a cumplir ocho años... ¿Ella también está malita?

Había preocupación en la pecosa cara de Wendy y cuando Trish miró a Clay, en sus ojos vio un brillo de tristeza.

–No, está bien.

Los niños no deberían sufrir enfermedades, era tan injusto. Deberían disfrutar de su infancia sin tener que pasar por el hospital. Esa era la razón por la que habían creado Penny's Song.

Un niño llamado Eddie se acercó a ellos y Trish presentó a Meggie de nuevo. Pronto, los ocho niños los rodearon y empezaron a hacer preguntas a las que Trish respondía sucintamente: sí, Meggie era su hija. No, no tenía hermanos. No era de allí, no, Meggie aún no sabía hablar.

Su hija daba pataditas, entusiasmada por tanta atención.

Después, uno por uno, los niños volvieron a sus tareas y Trish se encontró a solas con Clay de nuevo.

–El *saloon* es en realidad un cuarto de juegos.

Estaban entrando en el *saloon* cuando Callie apareció tras ellos, empujando un cochecito con grandes ruedas que se agarrarían bien en la tierra del rancho.

—¿Qué te parece el nuevo vehículo de Meggie?

—Típico de mi hermano, tenía que comprar un cuatro por cuatro a su hijo –Clay soltó una carcajada.

—Tú harías lo mismo, Clayton Worth.

—Yo sigo esperando mi oportunidad.

Trish se quedó callada. Clay tenía seis años más que ella, había disfrutado de una carrera llena de éxitos y estaba listo para formar una familia. Ella, en cambio, estaba empezando a afianzar su carrera y ser madre no había sido su objetivo hasta que Meggie apareció en su vida. Sencillamente, se habían encontrado en el peor momento.

—Vamos a llevar a Meggie a dar un paseo –dijo Callie.

—¿Estás segura? El cochecito es nuevo y…

—Estoy segura –dijo la joven–. Y parece que llego justo a tiempo, a la pobrecita se le cierran los ojos.

—Sí, es verdad. Y pesa una tonelada –Trish puso a la niña en el cochecito y la cubrió con una manta blanca.

—Puedo llevarla yo, si quieres –se ofreció Callie–. Así tú podrás ver el rancho.

Meggie y ella no se habían separado durante los últimos meses y le costaba trabajo dejarla con otra persona. No había tenido niñera, nadie había cuidado de ella mas que Trish.

—Sí, claro –respondió–. Me parece una idea estupenda.

–Prometo no ir muy lejos.

–Que lo pases bien –Trish estaba sonriendo, pero tuvo que disimular su angustia al ver que se alejaban.

–No le pasará nada –dijo Clay.

–Sí, lo sé. Es que no me he separado de ella en todo este tiempo. En fin, no pasa nada.

–¿Quieres ver el resto del rancho? –le preguntó él, tomándola del brazo.

–Por supuesto –distraída por el calor de su mano, Trish lo siguió.

Esa tarde, Clay detuvo la camioneta frente a la casa de invitados. Con una mano en el volante y la otra sobre el salpicadero, se volvió hacia Trish.

–Ya hemos llegado.

Ella asintió con la cabeza.

–El resultado es mucho mejor de lo que yo esperaba.

Mientras visitaban el rancho, Clay había ido explicándole que todo funcionaba gracias a voluntarios y consejeros, en muchos casos universitarios que ofrecían su tiempo libre para ayudar a los niños. Visitaron los establos, donde había caballos donados por ganaderos de la zona, saltaron la cerca del corral para ver a Tagg enseñando a montar a los niños y Clay la llevó luego a ver la casa donde dormían.

Esa noche harían un fuego de campamento y cantarían canciones...

Trish tenía un trabajo que hacer allí: organizar una gala de inauguración para recaudar fondos. Era su contribución a la causa ahora que el rancho estaba terminado.

–Funciona como una máquina bien engrasada, ¿no?

–Todavía hay que solucionar algunas cosas, pero sí, todo va bien.

Trish giró deliberadamente la cabeza para no mirar a su marido. El encanto de Clayton Worth no tenía rival y estar solos cuando empezaba a anochecer era un peligro.

–El tiempo lo arreglará todo.

–¿A qué te refieres?

–Te ha costado dejar que Callie se llevase a Meggie, ¿verdad?

No era una acusación, era una afirmación, y Trish sabía que era cierto. Durante el tiempo que Callie había estado dando una vuelta con la niña, Trish miraba por encima de su hombro continuamente para ver si estaban bien.

–No nos hemos separado en varios meses.

–Callie es de fiar

–Ya lo sé –dijo Trish–. No es eso.

La niña iba dormida en la silla de seguridad, sus mejillas rojas, los rizos brillando bajo los últimos rayos del sol.

–Debería meterla en la cuna.

–¿Se despertará si la sacamos de la silla?

–No lo sé –respondió Trish–. Meggie siempre me sorprende. A veces se despierta por el sonido de una bocina, otras veces duerme aunque haya un estruendo a su alrededor.

–No debe haber sido fácil tener que hacerte cargo de una niña tan pequeña –comentó Clay.

–No, no lo fue. Estaba trabajando en la campaña de un cliente y, de repente, me convertí en madre. Tuve que aprender a toda prisa y aún no estoy a la altura.

Él respiró profundamente.

–La ironía es...

–No lo digas –lo interrumpió Trish. Meggie era su prioridad y eso significaba dejar atrás el pasado, aunque el pasado fuese un marido guapísimo que la excitaba como nadie.

El móvil de Clay sonó en ese momento y él respondió hablando en voz baja para no despertar a la niña. Trish escuchó la voz de una mujer al otro lado...

–Muy bien, gracias. Pasaré por allí más tarde.

Trish no le preguntó quién era y él no dijo nada, pero apostaría cualquier cosa a que Suzy Johnson aparecía en el rancho esa noche.

Mientras ella llevaba a Meggie a la cuna, Clay sacó del maletero el parque y la trona que Callie le había prestado.

–¿Necesitas ayuda?

–No, gracias.

–Esto me vendrá muy bien –dijo Trish–. Mientras yo estoy trabajando, Meggie tendrá un sitio para jugar.

–Pensé que te habías tomado unos días libres.

–Siempre hay algún problema de última hora que solucionar. Afortunadamente, Jodi sabe evitar los desastres.

Su ayudante hacía que siguiera cuerda. Jodi, que había tenido que criar sola a su hijo, era una persona fuerte y valiente que no se arredraba por nada. Vivía para las visitas de su hijo, que ya era un adulto, y desde que Meggie apareció en su vida, Trish se preguntaba si algún día acabaría siendo como ella.

–Jodi, ¿eh? Nunca le caí bien.

–Eso no es verdad. Tú caes bien a todo el mundo.

–Me parece que sobrestimas mis encantos –bromeó Clay, mientras llevaba la trona a la cocina–. ¿Necesitas ayuda para montar esto?

–Pues… –Trish iba a decir que sí, pero al recordar que Suzy acababa de llamarlo, su buen humor desapareció. Además, siempre había cuidado de sí misma, no necesitaba ayuda–. No, gracias. Lo haré más tarde. Estaba pensando que tal vez deberíamos hablar del divorcio.

Clay la miró a los ojos, como si acabara de recordar la razón por la que había ido al rancho.

–¿Te parece bien mañana?

–Sí, muy bien.

–Vendré a las cuatro.

Después de decir eso salió de la casa y Trish se quedó inmóvil, escuchando el ruido de la camioneta con el estómago encogido.

Y una pregunta apareció entonces en su cabeza: ¿había cometido un error al marcharse del rancho Worth?

***

Clay tomó un trago de Jack Daniel's, intentando embotar sus sentidos, pero el alcohol le quemó la garganta. Estaba consiguiendo todo lo que quería, ¿no? El divorcio de Trish y una mujer dispuesta a casarse y tener hijos como Suzy Johnson. Suzy no era complicada y sabía perfectamente lo que quería: a él. No se lo había dicho claramente, pero Clay sabía que era así. De hecho, desde que Trish se marchó le había dado a entender que quería ser algo más que una amiga.

Suzy era una mujer con la que podría formar una familia. Entonces ¿qué lo retenía?

Suspirando, Clay se sentó en los escalones del porche de Tagg, mirando el líquido de color ámbar en el vaso.

–¿Vas a decirme por qué has venido? –le preguntó Tagg.

–¿No puedo visitar a mi hermano?

–Ya, claro, has decidido venir a visitarme cuando acabas de verme en Penny's Song.

–No me apetecía beber solo.

–No te has quedado mucho tiempo en el fuego del campamento.

–Fui a casa de Suzy para ver a su padre. Quería hablarme del viejo toro, Razor. Bueno, en realidad creo que quería un poco de compañía masculina.

–¿Cómo está el viejo Quinn?

El padre de Suzy había sido el mejor amigo de

Rory Worth y su compañero de aventuras. Aventuras que los habían llevado a la cárcel media docena de veces antes de que se pusieran serios con el negocio de ganado.

–Haciéndose mayor y repitiendo las viejas historias de cuando éramos niños. Pero sigue tan gruñón como siempre, de modo que no está tan mal.

–¿Suzy ha hecho un pastel? –le preguntó Tagg.

–De cereza.

–Madre mía.

Todo el mundo en Red Ridge sabía que Suzy hacía el mejor pastel de cereza del condado. Si tenías la suerte de probarlo, estabas enganchado. De hecho, ganaba todos los años el premio en la feria local.

–Pero no te has quedado allí mucho tiempo –siguió Tagg.

Clay miró a su hermano de soslayo antes de llevarse el vaso a los labios.

–No era lo que necesitaba en ese momento.

–Quieres decir que Suzy no es Trish. Tu mujer aparece y, de repente, el pastel de cereza ya no sabe tan rico.

–Yo no he dicho eso.

–Pero estás pensando en Trish.

–Sigo casado con ella, Tagg. Había pensado firmar los papeles del divorcio y seguir adelante con nuestras vidas, pero de repente aparece con una niña pequeña…

–Debió ser una sorpresa enorme.

Clay asintió la cabeza.

–Desde luego.

–Es una niña preciosa. Callie no para de hablar de ella.

–Sí, es preciosa –asintió Clay, pasándose una mano por la cara–. Y la situación no es culpa de nadie. Trish está haciendo lo que le prometió a su amiga.

–Pero estás enfadado con ella, lo veo en tus ojos.

–No sabes lo que dices.

Tagg hizo una mueca.

–No te ofendas, pero te pones insoportable cuando no te sales con la tuya. Trish fue la primera mujer que no lo dejó todo para estar contigo, hizo que te esforzases y seguramente es por eso por lo que te enamoraste de ella.

Clay apretó los labios. Tagg olvidaba que Trish lo había abandonado. Aunque nunca le había contado a sus hermanos que no confiaba en él, que creía que la engañaba con Suzy.

–¿Te estás poniendo de su lado?

Tagg respiró profundamente.

–No, solo intento poner las cosas en perspectiva.

–¿Crees que yo no puedo hacerlo?

–Yo solo digo…

–Déjalo, Tagg.

–Sí, claro. Te dejaré en paz como tú me dejaste en paz con Callie.

Clay hizo una mueca.

–Yo tenía razón sobre Callie.

–Sí, es cierto –asintió Tagg, poniéndole una mano en el hombro–. A veces no podemos ver lo que tenemos delante.

Clay terminó el whisky antes de entregarle el vaso.

–Gracias por el whisky y por el sermón.

–¿Ya te vas?

–Hazme un favor, vuelve con tu mujer.

–Tal vez tú deberías hacer lo mismo –sugirió Tagg. Y antes de que él pudiese replicar, entró en casa a toda prisa.

Clay murmuró una retahíla de palabrotas mientras iba hacia su camioneta. Pero al ver la sillita de seguridad en el asiento trasero se le hizo un nudo en la garganta. El dulce aroma de Meggie llenaba el interior del vehículo, una mezcla de biberón y talco.

Su vida no estaba resultando como él había esperado. Debería tener dos sillas de seguridad en el coche, una casa llena de niños y a su mujer a su lado. Ya no era el deseo de su padre sino el suyo propio… y era hora de que hiciese algo al respecto.

Un hombre podía hacer algo mucho peor que casarse con una mujer simpática que hacía pasteles de cereza. Trish tenía razón, era hora de finalizar el divorcio y empezar de nuevo, tener hijos, formar una familia.

Era hora de vivir otra vez.

A Trish no le habían dado plantón desde el primer año de instituto. Pero allí estaba, esperando a un hombre que no aparecía.

Estaba segura de que habían quedado a las cuatro para hablar del divorcio, pero eran las cinco menos cuarto y no había ni rastro de Clay.

Nerviosa, Trish paseó por la cocina, deteniéndose de vez en cuando frente a la ventana para mirar hacia el camino.

Clay no había parecido contento cuando se lo dijo, pero después de la llamada de Suzy decidió no esperar más. Además, esa era la razón por la que estaba allí. Cuando llegasen a un acuerdo se dedicaría a organizar la gala y luego se marcharía. Tenía un negocio que llevar y una hija de la que cuidar y debía encontrar la manera de hacer las dos cosas.

–¿Dónde demonios está? –le preguntó a Meggie.

La niña estaba tumbada en el suelo, sobre una mantita, entreteniéndose con una caja de música que tocaba la misma canción una y otra vez y que estaba volviendo loca a Trish. Pero Meggie estaba tranquila y eso era lo importante.

Al menos, Clay podría haber llamado, pensaba. Quince minutos antes había intentando localizarlo en el móvil, pero le saltaba el buzón de voz.

Tenía que darle el biberón a Meggie y no podía esperar más, de modo que empezó a prepararlo. Pero en ese momento sonó el timbre.

–Por fin. Ven conmigo, cariño –murmuró, tomando a Meggie en brazos antes de abrir la puerta–. Ah, hola, Helen.

–Hola, señora Worth –la saludó el ama de llaves–. Clay ha tenido un accidente de coche esta mañana…

Trish se quedó sin aliento.

–¿Cómo está?

–Bien, bien –respondió Helen–. Creo que está más enfadado que otra cosa. Alguien se saltó un semáforo en rojo y chocó contra su camioneta, pero el *airbag* evitó que sufriese heridas graves.

–¿Dónde está?

–En Phoenix, con su hermano Jackson. Y no parece nada contento, no había oído tantas palabrotas desde que su padre le quitó el coche cuando tenía dieciséis años.

–Pero no es nada grave, ¿verdad?

Helen negó con la cabeza.

–Ha tenido suerte. No ha sido nada.

–Vaya, qué disgusto.

–La vida es así –dijo la mujer.

La tristeza que había en su tono le recordó que había perdido a su marido diez años antes en un accidente de coche, cuando un camión se quedó sin frenos. Habían muerto siete personas ese día, dejando docenas de corazones rotos.

–Clay llegará más tarde –dijo Helen entonces, mirando a la niña–. ¿Cómo va todo?

–Bien, bien… ¿quieres entrar? Estaba a punto de darle el biberón.

El ama de llaves sonrió. Trish sabía que quería a los Worth como si fueran sus hijos, pero sobre todo a Clay.

–Bueno, tal vez cinco minutos.

–Voy a hacer un té… o una tila, es buena para los nervios.

–No quiero molestar.

–No es ninguna molestia, te lo aseguro. Aún no he tenido tiempo de montar la trona, pero normalmente la siento en mis rodillas para darle el biberón.

–¿Puedo tomarla en brazos un momento?

–Sí, claro.

Trish se dio cuenta de que era una abuela con mucha experiencia porque Meggie apoyó la cabecita en su hombro como si la conociera desde siempre.

–Es una niña muy buena –dijo, pensativa.

Se le había parado el corazón al saber lo del accidente. En ese momento habían surgido demasiados sentimientos antiguos y el peso de esos sentimientos la asustaba.

–Sí, lo es –asintió el ama de llaves.

Después de darle el biberón la pusieron en el parque, que Trish había logrado ensamblar, y entre las dos montaron la trona.

Cuando le preguntó si quería quedarse a cenar, Helen aceptó. Había hecho una ensalada de pollo con aguacate y, mientras comían, charlaron sobre cosas sin importancia. Helen era una persona generosa, aunque se había mostrado reservada con ella mientras estaba casada con Clay. En aquel momento, sin embargo, parecía más abierta, de modo que charlaron sobre sus programas de televisión favoritos y los mejores juguetes para niños. Helen incluso le contó algunos cotilleos sobre Red Ridge. Por supuesto, no le dijo que su regreso al rancho era la comidilla de todos. Clay era el chico de oro de Red

Ridge, una estrella de la música con corazón de vaquero, y a la gente le encantaba que siguiera viviendo allí, de modo que el regreso de su esposa debía ser una gran noticia.

Eran las ocho cuando Helen se marchó. Meggie estaba dormida y después de ponerle un pijamita verde con flores, Trish la colocó de lado, mirando hacia la pared, como le había indicado el pediatra.

Era asombrosa la cantidad de cosas que tenía que aprender. En esas primeras semanas había hecho docenas de llamadas al pediatra...

Suspirando, se metió en la ducha y dejó que el agua caliente la relajase durante unos minutos. Cuando salió, se puso un pantalón corto y una camiseta de algodón blanco que había visto días mejores y se sentó en el sofá para leer un libro. No había leído más de diez páginas cuando un golpecito en la puerta la interrumpió.

Cerrando el libro, Trish miró el reloj. Eran más de las nueve y solo una persona podía ir a visitarla tan tarde.

Pero al ver a Clay al otro lado, con un hematoma en la cara y una venda en la muñeca, se llevó una mano al corazón.

Él estaba mirándola de arriba abajo y su mirada la excitó. Ningún otro hombre podía provocar esa reacción en ella. Sus ojos eran como carbones encendidos, quemándola mientras miraba sus pechos y sus piernas desnudas.

Con el corazón acelerado, susurró:

–Clay.

Capítulo Cuatro

Clay olvidó el accidente que le había destrozado la camioneta, olvidó el dolor en las costillas y en el brazo y los hematomas en la cara. Porque se había excitado en cuanto vio a su mujer con un pantalón corto y una camiseta sin sujetador. No había olvidado el cuerpo de Trish y, sin darse cuenta, clavó los ojos en sus pechos, apenas escondidos bajo la camiseta, la aureola oscura visible bajo el algodón blanco.

La expresión de Trish debía ser un reflejo de la suya: pura frustración sexual. No era el único que estaba lamentando el celibato.

«No ha habido nadie más».

Trish nunca sabría cuánto había agradecido esas palabras.

–¿Cómo estás? –le preguntó ella por fin, mordiéndose los labios. Había un brillo de miedo en sus ojos, pero no era miedo de él sino miedo a lo inevitable–. Estaba a punto de irme a la cama.

Sin decir nada, Clay pasó a su lado y se volvió mientras ella cerraba la puerta. Los pantalones que llevaba eran cortísimos, marcando sus perfectas nalgas de tal forma que tuvo que hacer un esfuerzo para controlarse. Su mujer era una fantasía hecha realidad.

Trish se volvió para mirarlo, su bonito rostro sin una gota de maquillaje, sus ojos más azules que nunca.

–Ven aquí.

Ella cerró los ojos, negando con la cabeza.

–Ven –insistió Clay.

Trish abrió los ojos y dio un paso adelante.

–No creo que sea buena idea.

Cuando llegó a su lado, Clay la envolvió en sus brazos, olvidándose del dolor en las costillas magulladas porque el dolor que sentía bajo la cintura era más urgente.

–Cuando se te ocurra una mejor, dímelo –murmuró, levantando su barbilla con un dedo para rozar sus labios; el beso fue una invitación a la que Trish respondió sin oponer resistencia.

Dulce como el azúcar y familiar como el café de la mañana, Clay no podía olvidar su sabor.

Trish se apartó ligeramente para mirar su cara magullada.

–Estás herido –murmuró.

–Sobreviviré, no te preocupes.

–Pero tú…

Clay la interrumpió con un beso y perdió el control cuando ella dejó escapar un gemido. La besó con urgencia, con pasión, abriendo sus labios con la lengua mientras Trish le echaba los brazos al cuello, apretándose contra su pecho. La deseaba tanto...

–Vuelve a gemir –le advirtió, con voz ronca– y te juro que esto terminará antes de que haya empezado.

Trish sonrió, sus ojos brillaban de deseo mientras levantaba una tentadora ceja. Impaciente, Clay tiró hacia arriba de su camiseta para quitársela y tuvo que contener el aliento al ver sus pechos perfectos, las dos rosadas órbitas endurecidas.

–Maldita sea –murmuró. Estaban a un metro de la puerta y lo tenía tan excitado que no podía pensar–. Quítate el pantalón.

–Quítate tú la camisa –replicó ella, sin aliento.

Pero Clay no quería quitarse la camisa hasta que estuvieran en el dormitorio, con la luz apagada. No quería que viese sus costillas magulladas porque si las viera lo enviaría a casa. Y eso era lo último que deseaba hacer.

–Da igual, tengo una idea mejor –Clay le dio la vuelta, abrazándola por detrás para acariciarle los pechos, tan firmes y sensibles como siempre. El deseo se intensificó, su erección apenas contenida por los vaqueros–. Tengo buenas ideas, admítelo –murmuró, besándole la nuca y los hombros.

–Umm…

Clay cerró los ojos, dejándose llevar por el placer mientras acariciaba sus pechos como si fueran un instrumento. Trish gemía con cada roce y dejó escapar un grito cuando apretó un pezón entre el pulgar y el índice.

Deseaba estar dentro de ella, notar su calor rodeándolo, sentir que los dos se deshacían en un poderoso clímax.

Sujetando su brazo con una mano, deslizó la otra bajo el pantalón para acariciar los rizos que la protegían, apartando a un lado las braguitas, tentándola con los dedos hasta que estuvo húmeda. Trish arqueó las caderas mientras apoyaba la cabeza en su hombro, invitándolo a seguir.

–Cariño, ya estás húmeda para mí.

Ella dejó escapar un gemido y Clay intentó encontrar paciencia mientras seguía acariciándola.

–Por favor, Clay –murmuró Trish–. Necesito…

Él deslizó los dedos una vez más, con más propósito. Sabía cómo le gustaba y pronto la oyó jadear mientras movía las caderas hacia él, temblando. El clímax llegó enseguida y tuvo que sujetarla cuando se le doblaron las rodillas.

–Tienes buenas ideas –murmuró ella por fin. Los ojos de Clay seguían ardiendo y Trish contestó a su pregunta antes de que la formulase–. Meggie está en la cuna.

Clay le tomó de la mano para llevarla a la otra habitación y se detuvo al lado de la cama, apretándola contra su torso.

–Desnúdate.

Esta vez, Trish no discutió. La luz de la luna hacía brillar su piel, dándole una belleza etérea, y Clay no podía dejar de mirarla mientras se sentaba en la cama para quitarse las botas. Luego sacó un preservativo del pantalón y cuando se tumbó en la cama, Trish se colocó encima, a horcajadas.

–Los llevo por si acaso –le explicó.

–¿Y cuántos por si acaso ha habido? –susurró Trish.

Clay apretó los labios. Tenía derecho a saber la

verdad, pero no quería hablar de eso en aquel momento.

–Muy bien, lo admito, lo he guardado en el bolsillo esta noche, antes de venir a verte.

–¿Por qué?

¿Porque esperaba acostarse con su mujer? ¿Porque la había deseado desde el momento que la vio bajar del taxi?

–Cuando me di cuenta de que no me había matado en el accidente, pensé en ti.

–¿Fue tu primer pensamiento?

–Sí –admitió Clay. Y la había imaginado exactamente así.

No quería pensar en lo que eso significaba, pero en cuanto saltó el *airbag* y se dio cuenta de que estaba sano y salvo, la imagen de Trish había aparecido en su cerebro. Quería pensar que era debido al susto o a la confusión, pero allí estaba, desnuda y preciosa, como la había imaginado, y Clay pensó que aquel era su día de suerte en todos los sentidos.

La vio sonreír mientras acariciaba su torso como una diablesa.

–Bueno, vaquero, ¿a qué esperas? –murmuró.

–No deberías burlarte de mí –dijo él, rasgando el sobrecito.

–No me estaba burlando.

Trish se incorporó un poco y se colocaron como habían hecho tantas veces en el pasado, dos partes de un rompecabezas uniéndose después de un largo año de separación.

Clay entró en ella con una embestida que llevaba

meses deseando, la sensación casi hizo que perdiese la cabeza. Era estrecha y húmeda y lo hacía sudar solo con mirarla.

Sujetando sus caderas, la guió arriba y abajo hasta que los dos estaban al límite. Se movían al unísono y cuando estaba a punto de terminar la besó apasionadamente antes de colocarse sobre ella. Trish era fuerte, pero Clay apoyó una mano en el colchón por miedo a hacerle daño y, sujetándose al cabecero con la otra, sacudió la cama hasta que estuvo a punto de romperla mientras la embestía una y otra vez.

Trish se movía con él, enloqueciéndolo con sus gemidos de placer.

–Déjate ir –musitó, incrementando el ritmo.

Trish se rindió, temblando de placer, y cuando notó que llegaba al orgasmo, Clay se dejó ir con más fuerza que nunca, liberando así su frustración y su deseo.

Su corazón latía con tal fuerza que casi lo ahogaba.

Inmóvil, intentando llevar aire a sus pulmones, miró a Trish, que estaba tirada en la cama como una muñeca roca.

–¿Estás bien?

–¿Seguro que has tenido un accidente? –bromeó ella.

Clay sonrió mientras se tumbaba de lado.

–Tengo una conmoción cerebral que lo demuestra.

Trish dejó escapar una exclamación.

–Dime que eso no es verdad.

–Es verdad –afirmó él–. Y el médico me ha dicho que no debería estar solo esta noche.

Mientras Clay dormía a su lado, Trish lo miraba, temblando al pensar que había tenido un accidente. Aparte del hematoma en la cara y un corte sin importancia sobre el ojo izquierdo, tenía varios moretones en el torso…

Entonces entendió por qué no había querido desnudarse en el salón, por qué había esperado para llegar a la habitación, a oscuras. Si hubiese visto esos hematomas lo habría enviado a casa a recuperarse.

Había sido un alivio tan increíble ver que se encontraba bien que había olvidado que estaban a punto de divorciarse.

Y luego Clay la había seducido con su letal sonrisa… aunque ella no era una víctima y no podía culparlo porque había participado encantada. Lo había deseado desde que volvió a verlo.

Clay era el hombre más sexy que había conocido nunca y no había tenido relaciones con nadie desde que se separaron.

Si lo que Clay había dicho era cierto, también él se mantenía célibe, y ese encuentro no había sido más que una forma de satisfacer su natural deseo sexual.

Suspirando, Trish le acarició el pelo, preguntándose si podía racionalizar lo que había pasado y llegar a la conclusión de que solo era sexo. Clay conocía su cuerpo como ningún otro hombre y sabía cómo le gustaba que la tocasen. Y siempre había sido un amante experto.

Clay se movió entonces y Trish apartó la mano de su pelo. Pero no podía dejar de mirarlo.

Cuando oyó a Meggie protestar a primera hora de la mañana, un sonido que cada día le resultaba más familiar, se puso el albornoz y miró a Clay antes de salir de la habitación. Aún no podía creer lo que había pasado. Después de hacer el amor le había confesado que sufría una conmoción...

Nada detenía a Clayton Worth cuando quería algo, aunque, afortunadamente, era un hombre sano y fuerte. Aun así, Trish había estado observándolo durante toda la noche.

Una conmoción cerebral no era cosa de broma.

Meggie estaba en la cuna, despertándose. Aún no había amanecido y sabía que estaría despierta durante unos minutos antes de volver a dormir un par de horas.

Trish intentaba acostumbrarse, aunque cantarle canciones o leerle cuentos a esas horas no era precisamente su actividad favorita.

–¿Cómo está mi niña esta mañana?

Meggie abrió la boca para balbucear incoherencias que algún día serían auténticas palabras.

–Bueno, vamos a cambiarte el pañal.

Después de cambiarla se acercó a la ventana del salón. El sol empezaba a asomar en el horizonte y prometía ser un bonito día.

–¿Ves eso? Es el sol, Meggie.

La niña sonrió, como si la entendiera.

Trish se quedó frente a la ventana unos minutos, disfrutando del paisaje, hasta que Meggie empezó a moverse, incómoda. Hora del biberón. Después de sacar un biberón de la nevera, Trish se sentó con la niña en el sofá del salón.

–Vamos a desayunar.

Meggie sujetó el biberón con las dos manitas pero, de repente, se apartó de la tetina y lanzó un grito… y Trish tardó unos segundos en darse cuenta de lo que pasaba.

–Ay, Dios mío. Lo siento, cariño…

Cuando se levantó estuvo a punto de tropezar con Clay, que había salido de la habitación.

–¿Qué pasa?

–¡Se me ha olvidado calentar el biberón!

–Ve a calentarlo, yo me quedaré con la niña.

Trish vaciló durante un segundo, pero Meggie, la traidora, alargó los bracitos hacia Clay, como si estuviese enfadada con ella.

Era evidente que, a pesar de su preparación profesional, no sabía lo que estaba haciendo. No era la primera vez que olvidaba calentar un biberón. Tampoco era el fin del mundo, pero debería haberlo recordado. En fin, que fuese tan temprano era una excusa y tenía que agarrarse a algo.

Minutos después, cuando el biberón estaba a la temperatura perfecta, Trish volvió al salón. Encontró a Meggie sobre las rodillas de Clay, que jugaba al caballito, y verlos juntos, riendo, estuvo a punto de hacerla llorar.

Angustiada, se sentó en el sofá.

–No pasa nada –dijo él–. Eres nueva en esto todavía.

–Pero es muy frustrante, te lo aseguro.

–¿Crees que las madres biológicas no cometen errores? ¿Crees que lo hacen todo bien?

–No, pero…

Meggie, que sujetaba el biberón con las dos manos como si le fuese la vida en ello, apartó una para tocar un piano diminuto, que era uno de sus juguetes preferidos.

–Le gusta mucho la música.

–¿Ah, sí? Entonces, algún día tocaré la guitarra para ella.

Cuando la niña terminó el biberón, apoyó la cabecita en su hombro.

–¿Ves? Ya te ha perdonado.

Trish no estaba tan segura. Si tenía problemas con las cosas pequeñas, se preguntaba cómo iba a lidiar con las cosas importantes cuando llegase el momento. Prefería soportar a un mimado actor antes que cometer más errores con Meggie.

Clay se apoyó en el respaldo del sofá y cerró los ojos.

–Estás cansado, deberías irte a la cama.

–Yo estaba pensando lo mismo de ti. ¿Tarda mucho en dormirse?

–No, unos minutos –respondió Trish, acariciando el pelito de la niña.

–Entonces, nos vemos en la cama en diez minutos.

Ella enarcó una ceja.

–¿Vuelves a esa cama?

–¿Dónde iba a ir? –preguntó Clay, como si no entendiera.

–Deberíamos hablar de lo que pasó anoche.

Él se levantó y le dio un beso en la frente.

–Lo haremos, en la cama. Ahora voy a descansar un rato, pero no tardes.

Después de hacerle un guiño, le acarició la cabecita a Meggie y desapareció en la habitación.

Quince minutos después de meter a Meggie en la cuna, Trish reunió valor para hablar con Clay, pero no podía negar que estaba pisando terreno resbaladizo. Una vez lo había amado con locura, pero debía pensar en Meggie y en su vida en Nashville.

Cuando entró en el dormitorio, Clay tenía los ojos cerrados y las manos en la nuca. Problema resuelto, pensó, creyendo que estaba dormido.

–No te vayas.

–Ah, creí que dormías.

Clay esbozó una sonrisa.

–Estaba esperándote.

–¿Por qué?

¿De verdad le había preguntado eso? El brillo de sus ojos y el bulto bajo sus calzoncillos dejaba bien claro lo que quería.

Clay se levantó entonces y Trish tragó saliva. Casi había olvidado su hermoso cuerpo que, a pesar de los hematomas, le parecía mas atractivo que nunca.

—No me estás preguntando por qué, ¿verdad?

Trish se mordió los labios.

—Clay, lo de anoche fue…

Él desató el cinturón del albornoz con dedos expertos.

—No compliques las cosas, cariño.

Cuando la prenda cayó al suelo, Clay respiró profundamente.

—Eres preciosa y todavía eres mi mujer.

Trish no podía negarlo. Ser su mujer no significaba que tuviera que acostarse con él, pero Clay sabía cómo hacer que perdiese la cabeza y lo echaba de menos.

—¿Estás sugiriendo que tenemos algo por terminar? —le preguntó mientras Clay la apretaba contra su torso, el roce del vello masculino en sus pezones le creó un río de lava entre las piernas.

—Estoy diciendo que el placer nos espera.

Había pronunciado esa palabra con voz ronca, sensual, y Trish asintió con la cabeza. Su cuerpo lo necesitaba.

Pero cuando pensó que iba a llevarla a la cama, Clay la tomó en brazos para sentarla sobre la cómoda, el roce de la fría madera en su trasero desnudo hizo que se estremeciera. Después de quitarse los calzoncillos, él inclinó la cabeza para buscar sus labios y Trish le devolvió la caricia hasta que los dos estuvieron sin aliento, enredando las piernas en su cintura como si fuera el lazo en un regalo navideño.

Dejando escapar un rugido de impaciencia, Clay tiró de ella, apretando sus nalgas antes de enterrar-

se en ella y dejando escapar un suspiro de satisfacción cuando Trish se apretó contra él, moviéndose
al mismo ritmo hasta que gritó su nombre, consumida por una última ola de placer.

Clay se dejó ir unos segundos después, echando
la cabeza hacia atrás, las venas de su cuello se mar-
caban con la potencia del clímax.

Después, mientras intentaban buscar aire, Clay
besó su pelo, su garganta y sus labios suavemente.

–Trish… –musitó.

Ella sentía lo mismo. No había palabras.

Clay le tomó la mano para llevarla a la cama y se
apretó contra ella, acariciándole el pelo en la silen-
ciosa habitación hasta que los dos se quedaron dor-
midos.

Trish estaba frente a la cafetera, esperando que
la cafeína la devolviese a la realidad. No podía creer
lo que había ocurrido entre Clay y ella esa noche…
y luego, de madrugada. ¿Cómo había dejado que
llegase tan lejos?

La realidad era un asco, pensó.

Tenía que lidiar con ella esa mañana, pero antes
disfrutó de aquella sensación de liberación. Meses y
meses de frustración se habían borrado en un par
de horas mientras hacía el amor con Clay. Se sentía
saciada, feliz, ligera como el aire. No sabía cuánto
echaba de menos hacer el amor con él, dejando que
sus caricias la hiciesen gritar de placer. Se estreme-
cía al recordar lo que había ocurrido por la noche…

Pero había llegado el día y, con él, Trish llegó a una conclusión: no podía dejar que volviera a pasar.

Había ido al rancho para finalizar su divorcio, olvidar el pasado y empezar una nueva vida. Tenía que criar a una niña y Meggie era lo primero. Algo que ella no había sido para su madre. Trish quería a su madre, pero sabía que su relación con Meggie sería mucho mejor.

Alicia Fontaine lo había intentando, pero no lo suficiente. Blake ocupaba todo su tiempo y no le había quedado nada para la hija que necesitaba atención desesperadamente. Trish se sentía culpable por tener celos de su hermano, un niño enfermo durante casi toda su infancia, porque Blake siempre estaba atendido mientras ella había tenido que lidiar con todo por sí misma.

¿Cuántas veces se había ido llorando a la cama? ¿Cuántas funciones escolares se habían perdido sus padres? Casi todas, por eso era tan protectora con Meggie.

Y no podía dejar que se encariñase con Clay. Sería una crueldad porque no había futuro para ellos. La niña ya había perdido a sus padres y, por inepta que ella fuera, su obligación era darle todo su cariño e intentar evitarle cualquier sufrimiento.

Trish se sirvió una taza de café, pensativa.

—¿Te queda algo para mí?

Ella dio un respingo cuando Clay la tomó por la cintura, el profundo timbre de su voz hizo que sintiera un escalofrío.

—Sí, claro.

–Hueles muy bien –dijo él, enterrando la cara en su pelo–. ¿Te has duchado sin mí?

Sabía que estaba bromeando, pero eso no evitó que en su cerebro apareciesen imágenes de duchas memorables con su marido.

En Nashville su misión había estado clara, pero estando allí, viéndolo en persona, las cosas empezaban a complicarse. Y no podía permitírselo. En aquel momento de su vida, necesitaba mostrarse firme. Aún tenían que discutir el divorcio y la gala en Penny's Song para recaudar fondos.

–Tengo que trabajar –le dijo, volviéndose con una taza en la mano–. Toma.

Clay tomó la taza y se sentó en un taburete.

–¿Meggie sigue durmiendo?

–Sí –respondió Trish–. Con un poco de suerte, podré tomarme el café antes de que despierte.

A la luz del día, Clay tenía mejor aspecto, aunque los hematomas seguían ahí.

–Yo tengo que hablar con el seguro y comprar otro coche.

–¿Tu coche está siniestro total? –exclamó ella. Cuando no usaba la camioneta, Clay usaba un Mercedes último modelo.

–Me temo que sí –respondió él–. Estaba pensando… ¿qué tal si cenamos juntos esta noche?

Sonaba de maravilla, pero Trish estaba decidida a ser sensata.

–No me parece buena idea.

–Pensé que tenía buenas ideas –bromeó Clay–. Tú misma lo dijiste anoche.

–Lo de anoche fue increíble –admitió Trish–. Y no lo lamento, es algo que los dos queríamos y necesitábamos, pero…

–¿Por qué no? –la interrumpió él, dejando la taza sobre la encimera.

–Porque es inútil.

Clay vaciló un momento, como sorprendido, antes de sacudir la cabeza.

–No lo analices tanto, Trish. Al fin y al cabo, seguimos casados.

–No podemos portarnos como si no estuviéramos separados. No puedo hacerme eso a mí misma o a Meggie.

–¿Qué va a perder porque cenemos juntos?

–No terminará ahí y tú lo sabes.

Clay se apoyó en la encimera, con expresión decidida. Era muy resuelto cuando quería algo y el brillo de sus ojos le dijo lo que quería.

–En la cama nos entendemos de maravilla.

–Lo sé –asintió Trish. Le dolía pensar que tal vez no encontraría nunca una pasión como aquella, que tal vez nunca volvería a sentirse tan completa, tan feliz. Pero había mucho en juego, mucho más que el deseo que sentían el uno por el otro.

Cuando abandonó a Clay, había esperado en secreto una demostración de que su amor por ella no había muerto con tantas discusiones. Pero esa demostración no llegó nunca. Clay quería seguir adelante con su vida, sin ella.

Cuando recibió la solicitud de divorcio lloró durante días, pero cuando por fin logró animarse y volver a la oficina, se había convertido en una persona diferente, una persona que sabía que no podía depender ni de Clay ni de nadie para ser feliz.

Era como ver esas sillas vacías en el auditorio durante alguna función escolar. Sus padres eran los únicos que no acudían.

–Mientras esté aquí, voy a concentrarme en la gala para Penny's Song. No tengo tiempo para nada más –le dijo.

Clay inclinó a un lado la cabeza, mirándola con los ojos brillantes.

–Estoy dispuesto a hacer que cambies de opinión.

Trish no dijo una palabra y cuando se acercó para darle un beso en la frente a modo de despedida se quedó inmóvil, rezando para no cometer un tremendo error.

Pero, sin darse cuenta, se había convertido en un reto para Clayton Worth.

Y un reto era lo único a lo que su marido no podía resistirse.

Capítulo Cinco

Trish aparcó el Volvo en la entrada del rancho Penny's Song y después de colocar a Meggie en el cochecito se dirigió al corral para ver a los caballos.

Ella había crecido en Nashville, una ciudad llena de coches y tráfico, de modo que no era una experta en ganado o en ranchos, lo cual era una sorpresa para los que no la conocían bien. Pero en realidad nunca se había sentido cómoda del todo mientras vivía en el rancho Worth.

Una niña se acercó a ellas corriendo.

–¡Hola!

–Hola, Wendy –Trish sonrió a su nueva amiga.

–Hemos estado limpiando los cajones de los caballos. Olían muy mal.

–Ya me imagino.

–Pero esta tarde voy a ir a la tienda a cambiar mis puntos. Nos dan puntos por todas las tareas y voy a comprar a Cuddles.

–¿Quién es Cuddles?

–Un gatito con ojos de tigre.

–Ah, vaya, qué bien –Trish imaginó que sería un gatito de peluche.

La niña acarició la cabeza de Meggie y su hija sonrió, mostrando unas encías sin dientes. Pero cuando llamaron para el almuerzo, Wendy corrió al *saloon* para reunirse con el resto de los niños.

Trish pasó el resto de la tarde en la tienda, ayudando a Preston, uno de los voluntarios, a colocar cosas en las estanterías. Y Meggie cooperó quedándose dormida en el cochecito, detrás del mostrador.

Cuando despertó, Trish le dio el biberón y la tomó en brazos para pasearla por la tienda. Cinco niños, entre ellos Wendy, habían entrado en ese tiempo y todos querían jugar con ella.

–Hola otra vez. ¿Has venido a buscar a Cuddles, Wendy?

La niña asintió con la cabeza, acercándose a la estantería donde estaban los muñecos de peluche.

–He guardado mis puntos durante toda la semana.

–¿Y seguro que eso es lo que quieres?

–Es para mi hermana –respondió Wendy–. Tiene cinco años y me echa de menos.

Trish tragó saliva, sorprendida por la generosidad de la cría. Wendy había tenido que superar algo que haría que la mayoría de los niños se volvieran caprichosos y, sin embargo, en quien pensaba era en su hermana.

–Es un detalle muy bonito por tu parte. Seguro que le encantará.

Wendy le contó que pensaba dormir con Cuddles durante los próximos días, hasta que su hermana fuese a visitarla. Trish cerró poco después, con el corazón lleno de amor por todas las Wendy del mundo. Penny's Song era una aventura que merecía la pena, algo de lo que se sentía orgullosa, y se alegraba de haber hecho el esfuerzo.

Cuando estaba empujando el cochecito de Meggie hacia la entrada del rancho vio a Jackson Worth, el hermano de Clay, charlando con Suzy Johnson. Suzy estaba riendo, la melena oscura flotaba sobre sus hombros. Que siempre estuviera sonriendo era algo que irritaba a Trish, pero tendría que acostumbrarse porque la joven era voluntaria en el rancho. Suzy no había sido la raíz del problema con Clay, pero sí el catalizador y la última persona a la que quería ver en ese momento.

Jackson la saludó con la mano y, deseando que se la tragase la tierra, Trish se acercó.

–Trisha Fontaine, me habían dicho que habías vuelto al rancho –Jackson la saludó con un cariñoso abrazo–. Estás muy guapa.

–Lo mismo digo.

Jackson Worth era encantador y el más parecido a su legendario tatarabuelo, Chance Worth, con sus ojos negros y su seductora sonrisa.

–¿Cómo estás?

–Metiéndome en jaleos, como siempre.

–Hola, Trish –la saludó Suzy.

–Hola –Trish intentó sonreír. Se negaba a dejar que aquella chica la afectase o, al menos, intentaría disimular que la afectaba.

–Me he enterado de la muerte de tu amiga, lo siento mucho. Es muy noble por tu parte que hayas adoptado a la niña.

–Era mi obligación. Además, Meggie es la alegría de mi vida.

En ese momento, Meggie lanzó un grito y Trish puso los ojos en blanco.

–Es preciosa –dijo Jackson–. Y tiene buenos pulmones.

–Preciosa y mojada –dijo Suzy, señalando el pañal–. Me parece que tiene una gotera.

Trish observó, horrorizada, que se le había escapado el pipí y estaba manchando el cochecito.

–Ay, Dios mío –murmuró. Había olvidado cambiarle el pañal después de su siesta–. Será mejor que me vaya. La cambiaré en el coche... me alegro de haberos visto.

Jackson la tomó del brazo.

–Espera, yo te ayudaré.

–Gracias –por el rabillo del ojo, Trish vio que Suzy fruncía el ceño.

Peor para ella.

Con Meggie llorando, el cochecito sucio y Suzy Johnson mirándola con cara de mal genio, Trish había fracasado una vez más en sus labores como madre.

Trish detuvo el coche frente a la casa de Tagg y respiró profundamente. Había conseguido superar la humillación de esa tarde y racionalizar el asunto del pañal. En realidad, se había desprendido. Era un accidente que podría ocurrirle a cualquiera, se decía a sí misma, aunque en silencio le prometía a

Meggie esforzarse más en el futuro. Pero había conseguido limpiar el cochecito ya que, afortunadamente, el material estaba hecho a prueba de accidentes de ese tipo.

–Dejaremos el pastel y nos marcharemos –le dijo a la niña.

Meggie la miró con sus ojitos llenos de confianza y Trish sintió una oleada de amor. No podía creer cuánto quería a aquella cosita.

Se había preguntado si sería así tras la muerte de Karin, cuando todo era tan difícil porque Meggie añoraba a su madre y no dejaba de llorar. Había tardado semanas en aceptarla, pero ahora la niña ponía toda su fe en ella y Trish esperaba que la perdonase por sus errores.

Después del día que había tenido, decidió no tentar a la suerte llevando a Meggie con una mano y el pastel en la otra, de modo que lo dejó en el coche. Le pediría ayuda a Tagg o Callie cuando abriesen la puerta.

Pero cuando salía del coche, una camioneta apareció por el camino y Trish dejó escapar un suspiro. Aquel día estaba siendo imposible relajarse.

–Hola –la saludó Clay, mirándola como si recordase cada centímetro de su cuerpo desnudo.

–Hola.

–No me habían dicho que estarías aquí.

–No les había avisado. Solo he pasado un momento por aquí porque les he hecho un pastel.

–¿Qué tipo de pastel?

–De limón. Helen me ha ayudado, por supuesto.

Clay sonrió. Seguía teniendo un hematoma en el pómulo, pero Trish solo podía ver su hermoso rostro.

–¿Y dónde está el pastel?

–En el coche.

–Voy a buscarlo.

–No hace falta… –Trish sacudió la cabeza cuando, sin hacerle caso, Clay se dirigió al coche. Cuanto antes dejase el pastel y le diera las gracias a los Worth, antes podría marcharse–. ¿Te importaría sacar mi bolso?

–Ahora mismo.

Clay no solo llevó el pastel y el bolso sino la bolsa de los pañales. Debería decirle que no era necesario, que no pensaba quedarse más que cinco minutos, pero el gesto la había tomado por sorpresa.

–Está muy bien que visites a tu hermano –le dijo.

–En realidad, he venido porque no tenía más remedio. Callie ha insistido en invitarme a cenar y no voy a discutir con una señora embarazada.

–¿Te encuentras mejor?

No debería haber preguntado.

–Tú me curaste anoche, ¿recuerdas?

Trish se puso colorada.

–Clay…

Trish no podía controlarse con él a su lado, respirando su aroma, escuchando el tono ronco de su voz…

Afortunadamente, la niña empezó a moverse y eso la devolvió a la realidad. Trish puso las cosas en perspectiva mientras se la colocaba en el otro brazo.

Un punto para Meggie.

Clay llamó a la puerta y se quedaron esperando, él con el pastel y la bolsa de los pañales en la mano y Trish con Meggie en brazos. Cualquiera que no los conociese pensaría que eran una familia...

Pero Trish apartó esa idea mientras se abría la puerta. Callie no parecía sorprendida al verlos, al contrario.

–Entrad, entrad. Me alegro mucho de que hayas venido, Trish. Te quedas a cenar, por supuesto. He hecho cena para un regimiento.

–No, no. Solo he venido para traeros un pastel de limón que he hecho con ayuda de Helen. Me ha dicho que es el favorito de Tagg.

Tagg apareció detrás de su esposa.

–¿Pastel de limón?

Aparentemente, Trish estaba empezando a ganar puntos con aquella familia.

–Quería daros las gracias por prestarme el cochecito y todo lo demás.

No les habló del accidente que Meggie había tenido esa tarde porque, afortunadamente, el cochecito había quedado como nuevo. Además, pensaba comprarles otro antes de volver a Nashville.

–Encantados de poder ayudar –dijo Tagg–. Y no voy a decirte que no deberías porque me encanta el pastel de limón.

–Pero tienes que quedarte a cenar –intervino Callie–. Tengo que hacerte un millón de preguntas sobre bebés –añadió, acariciando el pelito de Meggie antes de volverse hacia Clay–. Menudo susto nos diste ayer, por cierto. ¿Cómo estás?

–Estoy bien –Clay se encogió de hombros, como si no tuviera importancia, mientras Callie los llevaba al salón.

–No soy una experta en bebés, te lo aseguro –dijo Trish– pero he traído unos libros que a mí me han venido muy bien.

–No sabes cuánto te lo agradezco. Sentaos, la cena estará lista enseguida.

Trish suspiró. No iba a poder negarse, estaba claro. Parecería una desagradecida.

–Gracias otra vez por el pastel –dijo Tagg–. No sé por qué llevo días soñando con un pastel de limón.

–Espero que te guste.

–Tendrá que pelearse conmigo para tomar una segunda porción –bromeó Clay.

–Parece que ya te has peleado con alguien –dijo Tagg, señalando su cara.

–Si quieres que te sea sincero, ayer me encontraba fatal, pero esta mañana me he despertado de maravilla –Clay la miró de soslayo y Trish tuvo que hacer un esfuerzo para disimular. Pero lo estrangularía si mencionaba lo que había ocurrido entre ellos por la noche.

Afortunadamente, Tagg cambió de conversación para hablar del precio del ganado y del nuevo coche de Clay. Cuando se fue a la cocina para ayudar a Callie, Trish sacó una mantita de la bolsa de los pañales para sentar a Meggie en el suelo.

–Me han dicho que te has encontrado con Jackson en Penny's Song –dijo Clay.

–Sí, me he alegrado mucho de verlo. Es el mismo

de siempre –dijo ella, dejándose caer sobre la alfombra para sujetar a la niña.

–Algunas cosas no cambian nunca.

–¿Te ha contado lo del fiasco del cochecito?

Clay no respondió y Trish se dio cuenta de que no había sido Jackson sino Suzy quien le había hablado del encuentro.

Parecía estar en contacto con él todo el tiempo y, sin duda, Clay habría recibido la información desde la perspectiva de Suzy.

–Bueno, da igual, no tiene importancia.

–No, ya lo sé.

Clay se sentó en la alfombra, a su lado, y Meggie lanzó una carcajada infantil, moviendo los bracitos.

–Ah, es tan fácil hacer felices a algunas mujeres.

De repente, Clay se inclinó para rozar sus labios, tomando a Trish por sorpresa.

Cuando se apartó, Clay la miró a los ojos con una mezcla de burla y deseo.

–Yo nunca he sido «algunas mujeres» –dijo ella.

–Ya lo sé.

–¡La cena está lista! –gritó Callie desde la cocina.

Trish se apartó, incómoda. Se sentía como una adolescente a la que hubieran pillado besando a un chico en la puerta de su casa.

–Estoy muerto de hambre –dijo Clay, tomando a Meggie en brazos–. ¿Nos vamos, pequeñaja?

Meggie parecía encantada con aquel hombre tan grande y su intención de evitar que la niña se encariñase con él parecía destinada al fracaso.

Y esa noche Trish se sentía incapaz de evitarlo.

Después de la cena, los dos hombres fueron a los establos para ver al semental de Tagg mientras Callie y Trish se quedaban en la mesa, charlando sobre bebés y maternidad. Trish le había advertido de que ella era nueva todavía, pero Callie decía necesitar sus consejos, de modo que Trish le habló de los pañales y los biberones, las cosas que conocía.

–Cuando volvamos a casa habrá que vacunarla. Afortunadamente, tengo una agenda médica para no perderme ninguna vacunación.

–Ah, muy bien, pero… –Callie no terminó la frase.

–¿Qué?

–No, es que… en fin, déjalo, no es asunto mío.

–Te estás preguntando por mi relación con Clay.

Su regreso a Red Ridge debía ser la comidilla del pueblo, de modo que la reacción de Callie no era una sorpresa.

–Has dicho «cuando volvamos a casa», pero yo he notado cómo miras a Clay.

Trish apartó la mirada.

–Tú también estás casada con un Worth y sabes lo encantadores que pueden ser, pero mi relación con Clay es complicada.

–Tagg y yo también hemos tenido problemas, pero hemos logrado resolverlos.

–Tú estás embarazada y los niños pueden unir a una pareja… a veces. O pueden separarla para siempre si uno está dispuesto a formar una familia y el otro no.

–Pero ahora tienes a Meggie.

–Sí, pero no es hija de Clay.

–No quería decir…

Trish puso la mano sobre la de su cuñada.

–Ya lo sé, pero lo que iba mal en mi matrimonio no tiene nada que ver con Meggie. Solo he vuelto por unos días. Tengo que volver a Nashville y seguir adelante con mi vida. Clay ya me rompió el corazón una vez y no voy a dejar que vuelva a hacerlo.

–Lo siento –se disculpó Callie–. Había pensado que si Tagg y yo hemos logrado resolver nuestros problemas, tal vez vosotros también podríais hacerlo. Me encantaría tener a mi cuñada cerca y Meggie sería parte de la familia.

Un bonito sueño en un mundo perfecto.

–Siempre seremos amigas –dijo Trish–. Y vendré a visitarte cuando nazca el niño, te lo prometo.

–¿Sabes una cosa? Tú miras a Clay como Clay te mira a ti… perdona, tenía que decirlo. Pero ya no digo nada más.

Trish sacudió la cabeza, sin decir nada.

Cuando volvieron los hombres del establo, Trish sirvió el pastel de limón, que estaba más rico de lo que había esperado. Tagg y Clay tomaron dos buenas porciones y la felicitaron por él. Cuando terminaron el postre, Trish estaba lista para volver a casa. Le había gustado charlar con Callie y pasar un rato con Tagg, pero mientras recordase por qué había ido al rancho Worth, todo iría bien.

Sujetando a Meggie con un brazo, alargó el otro para abrazar a sus anfitriones.

—Gracias por la cena y por la compañía.

—Soy yo quien debería darte las gracias por tus consejos —dijo Callie—. Estar con Meggie me hace desear que mi hijo llegue lo antes posible.

—A mí me pasa lo mismo —Tagg besó a su mujer en la mejilla antes de volverse hacia Trish—. ¿Te importaría darle a Callie la receta del pastel de limón?

—No, claro que no.

Su mujer le dio un codazo en las costillas, pero a él no le pareció importarle.

—Es un tragón.

—En fin, tengo que meter a Meggie en la cuna. Si no lo hago, empezará a protestar.

—Te acompaño —se ofreció Clay, tomando la bolsa de los pañales.

La casa de Tagg y Callie estaba situada sobre un altozano desde el que se veía la casa principal, la luna iluminaba el paisaje mientras se dirigían al coche, con Meggie medio dormida.

—Parece cansada —comentó él.

—Lo está. Ha sido un día muy largo para las dos.

—Tengo que hablar contigo —dijo Clay entonces.

—Tenemos que hablar del divorcio…

—No, no es eso. Es sobre Penny's Song.

Mientras colocaba a Meggie en la silla de seguridad, Trish vio cómo miraba a la niña, sujetando su cabecita con una mano, acariciando su pelo casi como si no se diera cuenta…

Clay también estaba encariñándose y Meggie respondía con la confianza que tendría una niña en su padre. Era lo que Trish había temido, pero no quería que Meggie sufriera cuando se marchasen de Arizona.

–Mañana tenemos una cena con el gerente del hotel Ridgecrest –dijo Clay entonces–. Como sabes, van a prestarnos el salón de banquetes y nos han ofrecido un buen descuento para la gala.

–¿Por qué me has incluido en la cena sin contar conmigo?

Clay se encogió de hombros.

–Fue una cosa de última hora. El gerente empezó a hablar de decoraciones y cosas para la gala y yo no tengo ni idea de eso.

Era cierto. Clay Worth sabía echar el lazo a una vaca, controlar a un caballo nervioso y mantener su imperio, pero no sabía nada sobre la organización de una gala, ese era su departamento. Ella podría organizar una gala para recaudar fondos con una mano atada a la espalda.

–¿Y no podemos hacerlo durante el día?

–No, él ha insistido en que vayamos a cenar.

Trish frunció el ceño.

–¿Pero qué voy a hacer con Meggie? Si se queda dormida no habrá ningún problema, pero si está despierta no podré concentrarme en la conversación.

–Entonces, lleva a Helen contigo. Ella puede cuidar de Meggie un rato.

–¿A qué hora has quedado con él?

–A las ocho.

Sí, la solución de Clay era viable. Además, era importante para el futuro de Penny's Song que aquella gala fuera un éxito. Ver el rancho con sus propios ojos la había hecho pensar que organizar una lujosa gala no era la mejor manera de recaudar fondos. Tendría que hablar antes con Clay, pero se le había ocurrido algo mucho mejor.

—Muy bien —asintió—. Si hay que hacerlo, lo haré.

Clay esbozó una sonrisa.

—¿Por qué sonríes como un tonto?

En realidad, no parecía un tonto, más bien un hombre guapísimo.

—Eres muy sexy cuando te pones seria.

—¿No me digas? —Trish se apoyó en la puerta del coche, recordando cuando salían juntos. Clay la desnudaba con los ojos entonces, diciendo que lo excitaba cuando se ponía seria. De hecho, cada vez que mantenían una conversación de negocios encontraba la manera de quitarle la ropa.

—Sí, lo eres —sus ojos se habían oscurecido y su sonrisa ya no era tonta sino peligrosa. Cuando dio un paso hacia ella, Trish no tuvo fuerzas para apartarse.

Clay le levantó la barbilla con un dedo, su rostro estaba tan cerca que podía ver el círculo oscuro de sus iris, tan cerca que su corazón se aceleró, tan cerca que el aliento masculino le acariciaba las mejillas.

Y luego la besó, un mero roce de los labios, justo lo que necesitaba después de un largo y agotador día. Cuando se trataba de asuntos de la carne, Clay sabía cuándo pisar el acelerador y cuándo levantar el pie.

Trish se acercó un poco más, absorbiendo el calor de su cuerpo, y Clay volvió a besarla tiernamente, sin exigir nada, sin intentar controlar el beso siquiera. No había defensa contra esa táctica y Trish sentía que se iba hundiendo cada vez más en aquel beso, en el placer que le producía su proximidad. Los separaban unos centímetros, pero se veía poderosamente atraída por una sutil fuerza contra la que no podía luchar.

Clay, por otro lado, se mostraba tranquilo y dulce… si se podía describir así a un rudo vaquero.

Sentía la tentación de apretarse contra él, de tocar su cuerpo, sus musculosos brazos… querría estar piel con piel y era difícil librarse de esa sensación.

Clay levantó una mano para acariciarle el pulso que le latía en la garganta antes de besarla allí y el mundo pareció detenerse.

La deseaba, pero no exigía nada y se limitó a besarla tiernamente por última vez antes de apartarse.

–Vete a dormir –le dijo–. Nos vemos mañana.

Trish volvió a casa con los faros de la camioneta de Clay reflejándose en el espejo retrovisor, pero cuando giró hacia la casa de invitados él siguió hacia el edificio principal.

–Has estado muy cerca –murmuró, con el corazón en la garganta.

No entendía por qué los ojos se le habían llenado de lágrimas.

O tal vez sí y era por eso por lo que le dolía el corazón.

Capítulo Seis

Clay abrió la puerta de su nuevo Mercedes, haciéndole un gesto a Trish para que subiera. Trish llevaba un vestido rosa con unas manguitas en forma de pétalo que le acariciaban los hombros y unos zapatos de tacón del mismo color que la hacían medir casi lo mismo que él. Y, al verla, Clay pensó que el lujoso coche no podía compararse con su mujer.

También él se había arreglado para la cena, cambiando los vaqueros por un pantalón oscuro y una camisa blanca, sombrero Stetson y botas negras.

Pero Trish no parecía haberse fijado en él o en el coche.

—Que lo pasen bien —dijo Helen desde el porche—. No se preocupen por la niña.

Trish tragó saliva. Si fuera a su propia ejecución no estaría más triste.

—¿Nos vamos? —preguntó Clay.

—Sí, claro.

—Bueno, ¿qué te parece? —le preguntó él después de arrancar.

—¿A qué te refieres?

—A mi nuevo coche.

—Ah, el coche —Trish acarició los suaves asientos de piel en color avellana, mirando un salpicadero con tantos aparatos como la cabina de un piloto–. Está muy bien, es muy grande. ¿Ya has pasado la fase de comprar deportivos?

–A mi edad, es lo más lógico –bromeó Clay.

Cuando compró el coche lo hizo pensando en una familia y la velocidad no era su prioridad. Quería algo grande, seguro, un automóvil en el que se pudiesen poner una o dos sillitas de seguridad. Y cuanto antes mejor, porque ya no era un crío. Los hombres tenían relojes biológicos mentales… y el suyo estaba marcando los cuartos como loco.

–Treinta y seis años no es ser viejo.

–Treinta y siete –dijo él–. Los cumplí hace unos meses.

Trish sonrió. Parecía distraída, como si estuviera pensando en otra cosa. Debía estar preocupada por Meggie, imaginó. Helen y él habían tenido que insistir para que la dejase con el ama de llaves y, por fin, Trish había aceptado. Aunque era evidente que seguía pensando en ello.

–La niña está bien, no te preocupes.

–Es que nunca la dejo sola.

–Tú misma has dicho que suele dormir de un tirón.

–¿Y si despierta y yo no estoy allí?

–Helen tiene mucha experiencia con niños. Ella conseguirá que se vuelva a dormir.

–Ya sé que se le dan bien los niños –dijo Trish–. Además, ha prometido llamarme en una hora.

–¿Lo ves? No hay ningún problema. Si hubiese alguno, Helen te lo diría, pero no lo habrá.

Trish era exageradamente protectora con Meggie, pero debía reconocer que era una madre maravillosa. La preocupación que veía en su rostro lo enternecía. Era difícil estar enfadado con alguien que se esforzaba tanto y que estaba haciendo algo tan noble. Clay había sabido desde el principio que sería así, que la familia que podrían haber tenido estaría siempre bien cuidada y atendida, pero Trish no había confiado en que fuera así.

Ese había sido un tema de discusión constante durante su matrimonio. Su impaciencia por tener hijos había hecho que decidiera formar una familia con otra mujer y cuando Trish volvió al rancho estaba al borde del precipicio con Suzy Johnson.

A punto de dar el salto.

—Espero que tengas razón —murmuró ella, mordiéndose los labios.

—Siempre la tengo —bromeó Clay.

Trish sacudió la cabeza, burlona.

«Misión cumplida», pensó él, animado por su sonrisa.

Bruce Williams, el gerente, los esperaba en la puerta del hotel Ridgecrest. Y mientras les mostraba las instalaciones, Trish tuvo que admitir que era un sitio impresionante, con cascada en la piscina, spas y hasta un campo de golf que podría rivalizar con los campos profesionales.

Mientras iban hacia la sala de juntas, Helen llamó para asegurarle que Meggie seguía dormida y Trish suspiró, aliviada.

Después de eso pudo concentrarse en el trabajo,

mirándolo todo con ojo crítico, calculando opciones.

Poco después, Williams los llevó al salón de banquetes, que tenía escenario y una pista de baile. A Clay le gustó el sitio y lanzó un silbido, imaginando a cientos de personas abriendo sus carteras por una buena causa. Trish estaba sonriendo, pero un sexto sentido le decía que algo no le gustaba.

–Si me lo permiten, quiero enseñarles nuestro restaurante –Williams, un hombre de mediana edad con el pelo rubio oscuro y sonrisa perpetua, los llevó hacia una mesa desde la que se veía el campo de golf y las hermosas montañas Red Ridge al fondo.

Pero en cuanto se sentaron, el gerente recibió una llamada urgente y tuvo que disculparse.

–Disfruten de la cena, volveré en unos minutos.

Clay se volvió hacia Trish en cuanto se quedaron solos.

–Hemos tenido suerte de que nos haya ofrecido usar el hotel. En el hostal de Red Ridge no cabría tanta gente.

–Es precioso, pero no me gusta para la gala.

–¿No te gusta?

–Quería verlo antes de tomar una decisión, pero creo que ya he visto suficiente.

El pelo se le movía ligeramente alrededor de la cara, los mechones rubios se reflejaban bajo la luz de las arañas de cristal.

–Muy bien –dijo él, sorprendido–. ¿Qué tienes en mente?

Trish sabía que iba a escucharla. Siempre le había dado sensatos consejos sobre su carrera, ese no había sido el problema.

–Sé que no tenemos mucho tiempo, pero no podemos organizar la gala aquí.

–¿Por qué no?

–Deberíamos hacerla en Penny's Song. Así es como tiene que ser, Clay.

–Muy bien, te escucho.

–He visto el rancho y he conocido a los niños que están allí… he visto la alegría en sus ojos y la relación que tienen con los voluntarios. Estar en Penny's Song es tan gratificante para los niños como para ellos y me he dado cuenta de lo importante que es ese rancho para todos los que están involucrados en el proyecto. No te puedes ir de Penny's Song sin sentirte bien contigo mismo y las personas que quieren aportar dinero al proyecto tienen que ver eso.

–Muy bien, de acuerdo.

–Pero no lo verán en unas diapositivas –siguió Trish–. Tienen que caminar por donde caminan los niños, ver los caballos, las habitaciones en las que duermen, la tienda donde cambian sus puntos por juguetes. Si organizásemos allí la gala conseguiríamos muchos más fondos, estoy segura.

Clay se quedó helado. Tenía razón y era tan evidente que no entendía por qué no lo había visto él mismo. Si Trish hubiera estado allí durante la construcción del rancho, lo habría organizado así desde el principio…

–Tienes razón. ¿Pero qué le decimos a Williams? Él espera que…

–Lo único que perderá el señor Williams es cedernos el salón. Podemos usar el catering del hotel y los invitados que vengan de fuera se alojarán aquí. Haré unas cuantas llamadas mañana para que todo el mundo sepa que la gala tendrá lugar en el rancho –anunció Trish–. En cuanto a los residentes de Red Ridge, de este modo también ellos tendrán la oportunidad de ver el rancho.

–Muy bien, haremos los cambios necesarios –asintió Clay, frunciendo el ceño al ver que Bruce Williams acababa de entrar en el restaurante–. ¿Quién se lo va a decir?

Lo hizo Trish, tratando el asunto con mucho tacto e incluso haciendo que el hombre les diese las gracias por poder participar en el proyecto.

Era admirable, pensó Clay. Trish era muy buena en su trabajo y no tenía la menor duda de que la gala sería un éxito.

Durante la cena discutieron los nuevos planes, pero era Trish quien hablaba y él la miraba, como hipnotizado por su expresión, por la convicción que ponía en sus palabras. Era preciosa a la luz de las arañas y Clay decidió que buscaría una oportunidad de estar a solas con ella después de cenar.

Afortunadamente, el señor Williams tuvo que disculparse de nuevo para atender un asunto del hotel.

–Sigan sin mí, me temo que voy a tardar un rato. Pero hablaremos mañana por teléfono, si les parece.

Cuando el gerente se marchó, Trish probó su pastel de frambuesa y chocolate.

–Qué rico... umm... –murmuró, cerrando los ojos.

Sus suspiros eran tan sexys que Clay no sabía si iba a poder soportarlo.

Cuando se dio cuenta de que no había probado el pastel, Trish lo miró con el ceño fruncido.

–¿No vas a probarlo? Es delicioso.

–Voy a probarlo, cariño. Pero más tarde –Clay se había inclinado para rozar sus labios, pero el ardiente brillo de sus ojos hizo que se pusiera en acción–. Vámonos de aquí.

Trish lo siguió, sorprendida, mientras la sacaba del restaurante. Ninguno de los dos dijo una palabra mientras iban hacia el jardín, el único sonido que se escuchaba era el del agua de la piscina cayendo por la cascada artificial.

–Me vuelves loco –murmuró él unos segundos después, bajando la manguita del vestido para besarle los hombros.

–No sé qué he hecho –susurró Trish, sin aliento.

No mucho, debía admitir Clay. Trish nunca había tenido que hacer mucho para excitarlo. Y ahora que la había saboreado de nuevo, quería más.

–Esos suspiros mientras probabas el pastel... me han hecho desear que me probases a mí.

–¡Clay!

Él buscó sus labios urgentemente y la besó hasta dejarla sin aliento, haciéndola suspirar una y otra vez. Enredando los dedos en su pelo, tiró de su cabeza suavemente...

Era tan preciosa, pensaba. No se cansaba de ella.

La sujetaba firmemente con una mano mientras con la otra le acariciaba los pechos por encima del vestido. Los sensible pezones respondieron de inmediato y jugó con ellos para darle placer, reemplazando la mano pon la boca hasta que Trish le pidió más. Con el corazón desbocado, chupó por encima de la tela, deseando más de lo que el decoro y el momento podían ofrecerles. Sin embargo, siguió haciéndolo sin pensar, perdido en las caricias.

Trish arqueó la espalda, acercándose más, tan enloquecida como él mientras seguía con el sensual asalto.

—Por favor… —susurró.

—Espera, cariño —Clay estaba deseando terminar, pero Trish era lo primero. La había llevado hasta allí y la satisfaría allí mismo.

Sin decir una palabra, le dio la vuelta, acariciándola mientras sentía su trasero entre las piernas… pero en el último momento se contuvo. No podía hacerle el amor allí, en el jardín del hotel.

—Clay…

Lo necesitaba tanto como ella y, aunque le hubiera gustado estar en la cama, no pensaba dejar que se fuera a casa insatisfecha.

—Trish… —susurró, levantándole el vestido para acariciarle el centro por encima de las bragas. Estaba húmeda y sabía que sería rápido. Su pasión lo excitaba de una forma increíble.

Cuando apartó las braguitas a un lado para acariciarla con los dedos, la sintió temblar entre sus brazos.

–Lo sé –le dijo al oído.

–¿Vamos a hacerlo de verdad? –la oyó susurrar, con tono incrédulo.

La respuesta de Clay fue introducir un dedo en su interior hasta que la vio morderse los labios para no gritar de placer. Sus espasmos lo hacían sudar, pero la llevó hasta el final tapándole la boca con una mano para evitar que los oyeran.

Cuando terminó, se volvió para mirarlo, sus preciosos ojos azules brillaban a la luz de la luna.

–Nunca he sido una amante egoísta –le dijo, bajando una mano para acariciarle la erección por encima de los pantalones.

–No empieces algo que no puedes terminar –le advirtió él.

Trish se mordió los labios.

–Dime que esto es solo sexo.

Tenía que saber que era solo un momento de locura antes del divorcio. No la había perdonado y ella no lo había perdonado a él.

–Solo es sexo –murmuró Clay.

Trish empezó a desabrochar su cinturón…

–¿Qué hacéis ahí? –escucharon una voz a lo lejos–. Seguridad del hotel, salid para que pueda veros.

Trish se bajó el vestido y Clay se subió la cremallera del pantalón a toda prisa.

–No pasa nada. Solo estaba enseñándole el hotel a mi mujer.

Un hombre mayor con uniforme azul apareció entonces.

–¿Y qué estaba enseñándole aquí, donde no hay luz?

Clay tuvo que sonreír.

–Se sorprendería.

El vigilante sacudió la cabeza.

–Pensé que eran un par de críos haciendo lo que no deberían. ¿Son ustedes clientes del hotel?

–No –respondió Clay–. Pero acabamos de cenar con Bruce Williams, el gerente.

–¿Ah, sí? –el hombre lo miró, escéptico. Pero entonces pareció reconocerlo–. ¿No es usted un cantante famoso?

–Sí, lo era.

–Clayton Worth, ¿no?

–El mismo.

–Entonces vive por aquí.

–Cerca de aquí, en el rancho Worth.

–Bueno, sigan con lo suyo, yo tengo un café esperándome en la garita.

–Sí, claro –Clay le tomó la mano a Trish para ir prácticamente corriendo al aparcamiento. Pero en cuanto cerró la puerta y se miraron, los dos soltaron una carcajada.

–Seguro que no se te había ocurrido que pudieran meternos en la cárcel –bromeó Clay, apoyándose en la puerta de la casa de invitados.

–Ha sido una noche increíble –asintió Trish.

Él levantó una mano para acariciarle el pelo.

–Sí, es verdad.

Trish suspiró. La noche no tenía por qué terminar. Clay estaba esperando que dijera eso y le gustaría tanto. Podrían pasar otra maravillosa noche juntos.

–Es tarde y mañana tengo muchas cosas que hacer –dijo, sin embargo.

A veces le gustaría soltarse el pelo, olvidarse de todo y no ser tan racional. ¿Por qué no podía invitarlo a entrar y olvidarse de las consecuencias?

Porque ella no era así.

Y debía pensar en Meggie, eso era lo más importante. La niña necesitaba estabilidad.

–Debería decirle a Helen que ya estoy en casa –siguió, nerviosa–. Ha sido un detalle por su parte…

Clay la interrumpió, tomándola entre sus brazos para besarla. Era un beso menos urgente que los anteriores, menos erótico, pero el sabor de sus labios era adictivo y Trish se lo devolvió durante unos segundos.

Estaba a punto de dar marcha atrás cuando Clay la sorprendió apartándose primero.

–Dile a Helen que la llevaré a casa –murmuró, mirándola a los ojos–. La espero en el coche.

Trish abrió la boca para decir algo, pero Clay ya se había dado la vuelta para subir al coche.

–Vaya –murmuró para sí misma.

Desconcertada, entró en la casa con el estómago encogido y el cerebro abrumado de imágenes. Intentaba encontrar sentido a lo que estaba pasando entre su marido y ella, pero no lograba hacerlo.

Helen se levantó al oírla entrar.

–¿Lo han pasado bien?

–Sí, muy bien.

–Ya lo veo.

–¡Helen!

¿Tan evidente era? Colorada, Trish decidió aclarar las cosas.

–No es nada de eso. Hemos estado hablando de Penny's Song.

–Uno no suele acabar despeinado y con ese brillo en los ojos solo por hablar… y tampoco desaparece un pendiente.

Trish se llevó las manos a las orejas. Le faltaba uno de sus pendientes.

–Son mis favoritos –murmuró, más avergonzada que antes.

¿Los habría perdido cuando Clay la tomó entre sus brazos en la oscuridad? ¿O tal vez cuando fueron corriendo hasta el aparcamiento? Trish no pudo evitar una sonrisa y Helen asintió con la cabeza, como diciendo «ya lo sabía yo».

Lo mejor sería cambiar de tema, decidió Trish.

–¿Cómo está Meggie?

–Durmiendo como un angelito. Despertó una vez, pero le di el biberón y volvió a quedarse dormida.

–Me alegro de que no le haya dado problemas –Trish se dirigió a la habitación y apoyó las dos manos en la cuna para mirar a Meggie, la lucecita de seguridad en forma de Cenicienta le iluminaba la carita–. Es tan preciosa.

–Sí, lo es –asintió el ama de llaves.

–Gracias por quedarte con ella esta noche. Yo sabía que estaba en buenas manos.

–No me importa quedarme con Meggie de vez en cuando.

Volvieron al salón y Helen tomó su bolso.

–Ah, casi se me olvida. Ha llamando un tal John Stevenson –le dijo, tomando una nota de la mesa–. Su ayudante le ha dado este número. He anotado aquí el mensaje.

–Muy bien, gracias. Clay está esperando en el coche para llevarte a casa.

–¿Por qué no ha entrado?

–No lo he invitado a entrar –respondió Trish para que el ama de llaves no se hiciese una idea equivocada. Una aventura antes del divorcio no arreglaba un matrimonio.

Cuando la acompañó a la puerta se vio abrumada por el deseo de abrazarla por ser tan buena con Meggie y Helen le devolvió el abrazo con una sonrisa.

Después, Trish leyó la nota de la agencia inmobiliaria de Nashville:

La casa que quería está en venta. ¿Sigue interesada?

La casa, a las afueras de Nashville, tenía tres dormitorios y un bonito jardín. Era una casa perfecta para una familia. Había pensado comprarla incluso antes de que Meggie apareciese en su vida y solía pasar por delante todos los días, antes de ir a la oficina.

Pero no podía tomar la decisión esa noche porque estaba pensando en Clay y en una docena de cosas más.

–Mañana –murmuró, convencida de que tendría la cabeza más despejada después de una buena noche de sueño.

La mañana llegó enseguida porque Meggie la despertó a las dos de la madrugada y luego, de nuevo, a las seis. Trish se levantó de la cama para trabajar en la gala de Penny's Song antes de que la niña despertase de nuevo.

Grogui, pero eficiente, empezó a hacer planes para organizar la cena en el rancho y a las doce había encargado unos folletos en la papelería de Red Ridge e incluso había conseguido una entrevista en la emisora de radio local. Al día siguiente puliría los detalles pero, por el momento, había puesto en marcha la primera gala del rancho Penny's Song.

Esa tarde, Trish fue al rancho a buscar a Clay. Lo encontró en el corral, hablando con tres niños que lo miraban entusiasmados.

–Hay que cepillar a los caballos todos los días. Si han corrido mucho, hay que quitarles el polvo, la piel muerta y el pelo bajo la capa de sudor. Hay que pasar el cepillo de arriba abajo con fuerza y ese masaje relaja sus músculos.

Clay les demostró cómo cepillar a Tux.

–Cuando terminéis de cepillarlos tenéis que pasarles la manguera.

Trish estaba a dos metros, con Meggie en brazos, cuando Clay la vio y esbozó una sonrisa antes de volverse hacia los niños.

Meggie, con un gorrito para evitar el sol, acababa de despertar de la siesta y miraba el caballo, fascinada. Cuando Tux relinchó, la niña lanzó un grito de alegría y Clay se volvió, riendo. Cada vez que miraba a Meggie con esa expresión, Trish sentía que se le hacía un agujero en el estómago. Aunque era lógico porque Meggie era una monada, desearía no alterarse tanto cada vez que Clay le prestaba atención a su hija.

Los niños la saludaron alegremente y ella les devolvió el saludo. Solo había pasado una semana, pero estaba claro que los niños se habían convertido en una familia.

Trish se dirigió a la tienda para ayudar a Preston a colocar cosas en las estanterías y entretener a Meggie con objetos de colores.

Veinte minutos después, la niña empezó a protestar. No quería estar en el cochecito y tampoco parecía cansada, pero cada vez que la tomaba en brazos intentaba que Trish la dejase en el suelo.

Trish intentó darle el biberón y cantarle sus canciones favoritas, pero Meggie seguía llorando. Tanto que cuando Henry, un niño de diez años, entró en la tienda, no pudo atenderlo porque los gritos de Meggie eran aterradores.

–Calla, cariño –susurró, sin saber qué hacer.

El pobre Henry se tapó las orejas con las manos, mirando a Meggie como si fuera una extraterrestre.

Trish iba a dejar a la niña en el cochecito cuando Clay entró en la tienda.

—No sé qué le pasa…

—Deja que lo intente yo.

La voz masculina le llamó la atención a Meggie, que alargó los bracitos hacia él mientras hacían el intercambio.

Un segundo antes estaba dando alaridos y, de repente, apoyó la cabecita en su pecho y se quedó callada. Cien kilos de músculo en contraste con su adorable niña de casi cinco meses, que parecía hipnotizada.

Trish se dejó caer sobre un taburete.

—Vaya.

—¿Me puede dar ese camión? —preguntó Henry.

—Claro que sí. Has trabajado mucho —dijo Clay, alargando un brazo para tomar el camión de la estantería.

—Desde luego que sí —el chico lo miraba como si pudiese convertir la arena en oro.

—Dale tu tique a la señora Worth.

Unos segundos después, Clay y Trish estaban solos en la tienda.

—Me siento traicionada —dijo ella—. Yo no podía hacer que dejase de llorar y entonces apareces tú…

—Se me dan bien las mujeres —replicó él, burlón.

—¿Hasta los bebés?

—Eso parece —Clay le tapó las orejitas a la niña—. Y tengo la impresión de que anoche dejamos algo sin terminar…

La noche anterior Trish había soñado con terminar lo que habían dejado a medias en el jardín del hotel y su sueño había sido increíblemente erótico.

–Clay…

–Admite que también tú lo has pensado.

Ella tragó saliva. Se estaba ablandando y era imposible no hacerlo al ver a Clay con Meggie. Pero tenía que ser sensata.

–He estado pensando en Penny's Song todo el día y he decidido que queda algo por hacer.

–¿Qué?

–Una entrevista en la radio.

Clay hizo una mueca.

–No.

Trish había esperado esa reacción.

–Con el nombre de Clayton Worth detrás de Penny's Song la gente se interesará más y tú lo sabes. Piensa en el dinero que podríamos recaudar.

–Ya no soy un personaje famoso y ahora que he dejado mi carrera me gusta pasar desapercibido, tú lo sabes. Red Ridge es mi hogar y la gente de aquí respeta mi privacidad.

–Sí, lo sé…

–He terminado con esa parte de mi vida, Trish, pensé que lo habías entendido.

–Pues claro que lo entiendo –dijo ella–. Y por eso no he pedido una entrevista en una emisora importante. Es una emisora local, pero cuanta más gente nos escuche más fácil será recaudar dinero para el proyecto.

Meggie apartó la cabecita para mirar a Clay a los ojos y esbozó una sonrisa sin dientes. Fue un momento especial entre ellos, niña y hombre, que hizo sentir a Trish una punzada de celos.

—No quiero hacerlo —insistió Clay.

—Pero lo harás —dijo Trish.

Él tuvo que reír.

—Me irrita cuando tienes razón.

—Debes llegar a la emisora mañana a las ocho. Te llamaré luego para darte los detalles.

—Será mejor que me vaya antes de que me convenzas para que dé un concierto —Clay besó la cabecita de Meggie como si fuera algo que hiciese todos los días ates de devolvérsela a Trish—. Ten cuidado con ella, es muy manipuladora —le advirtió a la niña.

Capítulo Siete

Cuando el sol empezaba a ponerse en el horizonte, Clay detuvo la camioneta frente a la casa de Suzy. Suspirando, guardó las gafas de sol en la guantera y miró la puerta durante unos segundos mientras escuchaba el canto de un pájaro. Debía estar en las ramas del árbol más cercano y Clay intentó buscarlo con la mirada...

Pero hizo mueca al percatarse de lo que estaba haciendo.

Retrasar el momento.

¿Qué le pasaba últimamente? Antes de que Trish apareciese había sabido exactamente lo que quería de la vida y cómo conseguirlo.

Suzy era la mujer perfecta para él. Había pasado por un divorcio difícil y había llorado muchas veces sobre su hombro. Pero ahora era libre y él lo sería pronto.

Además, Suzy era como de la familia.

Clay no dejaba de recordarse a sí mismo las virtudes de la joven: le gustaba, era fácil estar con ella y quería tener hijos.

«Trish tiene una hija».

No podía dejar de pensar en ello.

Trish tenía una hija, una niña encantadora y cariñosa. Él no tenía experiencia con bebés, pero había pensado que aprendería cuando Tagg y Callie tuviesen a su hijo.

Sin embargo, Meggie estaba allí y sentía una extraña conexión con ella. Cuando se agarró a su cuello esa mañana y lo miró con sus ojitos azules, supo que le daría la luna si eso la hacía feliz.

Clay se pasó una mano por la frente. Suzy lo esperaba esa noche. Un mes antes se había ofrecido a llevarla al baile de los ganaderos de Red Ridge. Era algo a lo que iban todos los años, una manera de honrar a los mayores, cuyas tradiciones y formas de hacer las cosas empezaban a perderse. Y el padre de Suzy acudiría también.

Qué demonios, pensó, bajando de la camioneta.

Suzy acababa de salir al porche y la vio cerrar la puerta con una sonrisa en los labios. Era una chica guapa de larga melena oscura y expresivos ojos de color ámbar. Su vestido de flores se movía con la brisa mientras bajaba los escalones del porche, pero en cuanto se acercó a la camioneta su sonrisa desapareció.

–¿Qué ocurre?

–Mi padre no irá con nosotros, no se encuentra bien.

–¿Qué le pasa?

–Está cansado. Dice que tiene un resfriado y no quiere contagiárnoslo.

–Pero tú no lo crees.

Suzy negó con la cabeza.

–Yo creo que es algo más. Últimamente siempre

está cansado… dice que se pondrá bien en un par de días, pero yo no estoy tan segura.

–Pareces preocupada.

–Mentiría si dijera que no lo estoy.

–¿Quieres quedarte con él? No tenemos por qué ir al baile.

Suzy inclinó a un lado la cabeza.

–Mi padre se enfadaría si no fuese. Me ha dicho que vaya al baile y me entere de todos los cotilleos del pueblo para contárselos luego.

Clay sonrió.

–Muy bien, entonces vamos. No te preocupes por tu padre, es un tipo duro.

–Gracias –dijo ella, apretándole el brazo–. No sé qué haría sin ti –añadió, poniéndose de puntillas para darle un beso en la cara.

Lo había hecho más de una vez y Clay siempre se había tomado la libertad de devolverle el beso. En alguna ocasión habían estado a punto de hacer algo más, pero siempre era él quien pisaba el freno. Era como si entre ellos hubiese un acuerdo tácito para que las cosas no llegasen más lejos hasta que estuviera divorciado.

No era fácil rechazar a una mujer como Suzy, pero durante todo ese tiempo había pensado que estaba haciendo lo que debía hacer. Nunca le había sido infiel a Trish, ni siquiera cuando estaba furioso con ella, porque las promesas del matrimonio eran importantes. Pero empezaba a preguntarse si había algo más. Tal vez lo único que podía haber entre Suzy y él era una amistad.

Mientras iban al baile, charlaron sobre su trabajo en el hospital y sobre el pastel de manzana que pensaba hacer al día siguiente. Suzy lo invitó a pasar por su casa después de la entrevista en la radio y Clay le dijo que tal vez lo haría.

También charlaron sobre el embarazo de Callie y cuando salió el tema de los niños, Suzy comentó:

–Sé que es un tema que te duele, pero lo que Trish está haciendo por esa niña es admirable.

–Sí, lo es.

–¿Es un tema que te duele o te parece admirable?

–Me parece admirable –dijo Clay.

–¿Entonces te parece bien que Trish esté aquí?

Él dejó escapar un suspiro. Suzy lo sabía todo sobre su ruptura con Trish, salvo que ella lo había acusado de engañarla. No sabía por qué no se lo había contado, por orgullo quizá, o tal vez porque era algo demasiado privado.

Estar con Suzy y Trish al mismo tiempo le resultaba incómodo.

–Está aquí por una razón, ya lo sabes.

–Pero verla con la niña debe ser difícil para ti.

–He tardado algún tiempo en hacerme a la idea, pero lo que hubo entre Trish y yo en el pasado no tiene nada que ver con eso.

–¿Entonces no crees que se quede?

En cuanto Suzy lo invitó a pasar por su casa para tomar un trozo de pastel, Clay había imaginado a Trish despertando medio grogui para atender a Meggie mientras él hacía un café en la cocina. Harían

turnos para darle el biberón mientras el sol empezaba a asomar en el cielo...

Pero esos pensamientos desaparecieron, reem-
plazados por la realidad.

–No, ella vive en Nashville, su trabajo está allí.

Suzy se arrellanó en el asiento, visiblemente satisfecha, y no dijo nada más.

No estuvieron mucho rato en el baile. De hecho,
se fueron después de cenar. Clay la llevó a casa y
Suzy lo invitó a tomar una copa, pero él le recordó
que tenía una entrevista muy temprano.

Pero en lugar de ir directamente a su casa se encontró parando frente a la casa de invitados. La lám-
para del salón estaba encendida, de modo que Trish
seguía despierta.

Clay se preguntó si Meggie lo estaría también o si
estaría tomando un biberón con los ojitos cerrados.
Le gustaría llamar a la puerta para terminar lo que
había empezado con Trish. Quería verla, quería hacer el amor con ella otra vez.

Pero no era real. No eran una familia.

En realidad, tanto Trish como Meggie estaban a
punto de marcharse de su vida para siempre. Después del divorcio no volverían a verse.

Clay se dio la vuelta. No era sensato llamar a su
puerta esa noche y enredar la situación aún más.

De modo que lo dejaría. Por el momento.

–¿Se encuentra bien señora Worth? –le preguntó
Preston, mirándola con cara de susto.

Y cuando Trish bajó la mirada se quedó horrorizada al ver la sangre que corría por su mano.

–Se me ha caído la jarra de cristal…

–Espere un momento, voy a buscar una toalla –Preston se metió detrás del mostrador para buscar algo, pero al no encontrar nada se quitó la camiseta e hizo una venda con ella–. ¿Le duele?

–No, ahora mismo no. Debe ser por el susto –respondió Trish–. Ha debido saltar un trozo de cristal.

–Pues ha tenido suerte de no cortarse la muñeca. Parece un corte limpio, pero podrían tener que darle algún punto. Venga, vamos a la enfermería.

–Pero Meggie…

La niña estaba en el cochecito, mirando en dirección contraria.

–Está bien –dijo el chico–. Los cristales no han llegado hasta ahí.

–Gracias a Dios.

–Ponga el brazo hacia arriba para que no sangre tanto, yo empujaré el cochecito. No estará mareada, ¿verdad?

Trish negó con la cabeza.

–Pero me siento como una tonta.

–Ha sido un accidente –dijo Preston.

–Se te dan bien las emergencias –bromeó ella.

–He hecho un curso de primeros auxilios.

–Deberías ser médico.

El chico sonrió.

–La verdad es que quiero estudiar Medicina.

Era lógico. Los voluntarios eran personas que se preocupaban por los demás, por eso Penny's Song era tan bueno para ellos como para los niños que iban allí.

–Pues seguro que algún día serás un gran médico.

Cuando llegaron a la enfermería y vio a Suzy con una bata blanca Trish suspiró, en silencio. Sabía que en algún momento tendría que lidiar con la joven, pero no había esperado que fuese durante una emergencia.

–¿Qué ha pasado?

–Se ha cortado con un cristal –respondió Preston.

–Siéntate –dijo Suzy–. Vamos a ver ese corte.

Trish se sentó, poniendo el brazo sobre la mesa.

–¿Te importa ir a buscar un zumo de naranja para la señora Worth?

Preston dejó el cochecito y Meggie sonrió, sin entender lo que pasaba.

–Vuelvo enseguida.

–Has perdido mucha sangre –dijo Suzy mientras se ponía unos guantes quirúrgicos–. El zumo te animará un poco.

–La verdad es que estoy un poco mareada.

–Afortunadamente, es un corte limpio.

–Tendré que comprarle una camiseta a Preston. Menos mal que estaba en la tienda… ha reaccionado enseguida.

–Sí, es verdad –Suzy asintió, concentrada en su tarea, y Trish aprovechó para observarla.

Llevaba el pelo largo, sujeto en una coleta aquella mañana, su complexión de alabastro a juego con unos ojos de color ámbar. Tenía un rostro expresivo que no podía esconder las emociones, por eso se delataba cuando miraba a Clay. Trish odiaba ver eso cuando nadie más se daba cuenta.

Meggie lanzó un grito desde el cochecito y ella intentó calmarla:

–No pasa nada, cariño. Estoy bien.

La niña se movió, incómoda.

–Terminaremos en seguida –dijo Suzy.

–Espero que pueda aguantar. Lleva un rato en el cochecito y seguramente estará harta.

–Deberías ir al médico –le aconsejó Suzy cuando terminó de vendarle la herida–. No necesitas puntos, pero deberías pasar por la consulta, por si acaso.

–Muy bien, lo haré –Trish movió los dedos. La herida estaba en la muñeca derecha, bajo el pulgar, pero la venda le permitía cierta movilidad.

–Es preciosa –murmuró Suzy, mirando a Meggie–. He oído que el otro día dejaste que Helen cuidase de ella.

–Sí, claro –murmuró Trish, sorprendida–. ¿Cómo lo sabes?

–Clay me lo contó anoche.

¿Anoche? ¿Clay había estado con Suzy por la noche? Eso la enfureció. Maldita fuera… Clay y ella seguían casados.

–Y seguro que le hiciste un pastel de cerezas –le espetó, airada

Suzy parpadeó, sorprendida.

–No te gusta que Clay y yo seamos amigos, ¿verdad?

–Y a ti no te gusta que siga casado conmigo.

La joven se ruborizó, pero seguramente también ella lo estaba.

–Y vuestro matrimonio no funcionó.

Ese comentario hizo que Trish se levantase de golpe.

–Qué amable por tu parte recordármelo.

Suzy se levantó también.

–Lo siento –dijo por fin, mirándola a los ojos–. No debía haber dicho eso.

Trish estaba de acuerdo.

–Yo pasé por un divorcio muy difícil y Clay me ayudó mucho. Siempre hemos sido amigos, tenemos raíces aquí en Red Ridge. Nos parecemos mucho y la verdad es que llevo mucho tiempo esperándolo. Tú tuviste tu oportunidad y te marchaste.

–Tenía razones para hacerlo.

–Sé que no es asunto mío, pero vas a divorciarte de Clay y te marcharás de aquí. Y entonces Clay será libre.

Trish sabía que era cierto.

–Pero aún no lo es.

–Ya lo sé y Clay también. Y yo no soy la razón por la que rompisteis.

No, pero sí había sido el catalizador y la gota que colmó el vaso, pensó Trish, intentando contener su furia. Sin embargo, en los ojos de color ámbar veía que estaba diciendo la verdad: Clay no la había traicionado con ella. De ser así, Suzy se lo habría dado a entender o se lo habría dicho directamente.

–Será mejor que me marche –murmuró, volviéndose hacia el cochecito–. Gracias por curarme la herida.

–Es mi trabajo –Suzy se encogió de hombros–. Eres muy afortunada de tener a esa niña.

–Lo sé.

–Te hará la vida feliz.

El anhelo que había en la voz de Suzy hizo que Trish se sintiera incómoda. Aquello no era un intercambio: tú te quedas con Meggie y yo con Clay, pero eso era lo que la joven parecía querer decir.

–Yo podría hacer feliz a Clay. Cuando te marches.

Trish parpadeó. ¿Estaba pidiéndole permiso o aprobación? No, imposible. No estaba dispuesta a hacerlo.

Además, no estaba segura de que Suzy pudiese hacer feliz a Clay. Ya no estaba segura de nada, pero sabía que había hecho feliz a su marido una vez y estaba decidida a demostrárselo.

Durante el tiempo que estuviera en Red Ridge.

Al escuchar los pasos de Clay en el cemento de la entrada, Trish se llevó una mano al corazón. Y cuando miró por la ventana y lo vio a la luz de la luna, con el Stetson ocultándole los ojos, se preguntó qué vería en ellos cuando abriese la puerta…

Meggie estaba cómodamente dormida en su parque, en el segundo dormitorio. No sabría que Clay estaba allí y, si todo iba como había planeado, se habría ido antes de que despertase por la mañana.

Lo había llamado unas horas antes para preguntarle si podían trabajar en la organización de la gala esa tarde y Meggie, como si lo supiera, se había quedado dormida justo a tiempo.

Perfecto.

Al escuchar la música *country* de fondo, Trish tuvo que sonreír. Un minuto antes, el primer éxito de Clayton Worth la había ayudado a dormir a Meggie. Su voz había madurado desde entonces, pero *Perder un amor*, la canción que lo había lanzado a la fama cuando tenía dieciocho años, seguía siendo la favorita de sus fans.

Trish esperó que llamase una segunda vez, intentando reunir valor. Luego, respirando profundamente, abrió la puerta con una sonrisa en los labios, escondiendo la mano herida a la espalda.

–Hola, Clay.

Él miró su vestido y levantó una admirativa ceja. Ese gesto la animó un poco, pero Trish no estaba acostumbrada a coquetear. De hecho, no le gustaba jugar con los hombres. Tal vez no debería haberse puesto aquel vestido rojo con un escote que tentaría a un santo.

Clay miró el escote y luego sus pies descalzos, con las uñas pintadas de rojo.

–¿Esperas que pueda trabajar contigo vestida así?

La había pillado. Se había vestido deliberadamente para seducirlo.

Trish pasó la mano sana por la falda del vestido.

–Había pensado que podríamos tomar una copa antes. Tengo unos papeles que quiero enseñarte…

110

–Mentirosa.

–¿Qué?

Él esbozó una sonrisa.

–Quieres sexo.

–¿Qué? Oye, yo no…

Clay se movió como un tigre acechando a su presa.

–Me deseas.

Trish hizo un esfuerzo para no cerrar los ojos.

–No.

–Seguro que no llevas nada debajo del vestido.

La había pillado de nuevo.

–Enséñame la mano –le ordenó Clay, sin dejar de sonreír.

–¿La mano? –repitió ella. De modo que Suzy se lo había contado–. ¿Cómo lo sabes?

–Me he encontrado con Preston.

–Ah.

De modo que Suzy no había corrido a contarle su conversación con ella en la enfermería. Aliviada, Trish se relajó todo lo que pudo en aquellas circunstancias.

–¿Te duele? –le preguntó.

–No, pero es irritante llevar una venda –respondió ella.

–¿Meggie está dormida?

Trish sonrió.

–En la otra habitación, sí.

Clay tomó la mano herida y se la llevó a los labios para besarle los dedos.

–Me alegro de que no sea nada.

111

Trish sintió una punzada en el pecho. Cuando un hombre como Clayton Worth se ponía tierno, era irresistible. Y a pesar de la ternura, o quizá por ella, le gustaría arrancarle la ropa.

Después de hablar con Suzy había tomado una decisión: nadie más que ella iba a hacer feliz a su marido mientras estuviera en Red Ridge. Suzy no le llevaría ventaja esta vez.

Además, disfrutaba acostándose con Clay. ¿Por qué no iba a hacerlo? Seguían legalmente casados y cuando volviese a Nashville estaría demasiado ocupada con su trabajo y con Meggie como para buscar un romance.

Y Meggie estaba dormida, de modo que tenía varias horas para estar a solas con él.

–No es nada y no llevo nada bajo el vestido. Y esta noche me da igual la gala. Te deseo, Clayton Worth.

Trish le quitó el sombrero y lo tiró al suelo.

Clay envolvió su cintura con las manos, atrayéndola hacia él.

–No tienes que esforzarte tanto, cariño. Soy todo tuyo, pero me alegro de que hayas hecho un esfuerzo.

Trish le echó los brazos al cuello y cuando se puso de puntillas para besarlo sus lenguas se encontraron en un baile profundo, erótico.

–Hazme el amor –susurró, tomándole la mano para llevarlo al dormitorio. El embozo de la cama estaba apartado y había dos copas de vino sobre la mesilla, al lado de una vela encendida.

Cuando empujó a Clay sobre la cama, él se dejó caer sobre ella, riendo.

–Si estoy soñando, no me despiertes –murmuró.

–No estás soñando, es real –Trish se inclinó para besarlo en los labios, consumida de deseo.

Tenía a Clay a su merced y pensaba aprovecharse de ello. Lo haría feliz. No entendía por qué era tan importante, tal vez porque necesitaba saber que su matrimonio no había sido un fracaso. Había habido mucho amor y deseo entre ellos, a pesar de las desilusiones.

Sus lenguas bailaban, sus bocas encontrándose en fieros y húmedos besos que los hacían gemir a los dos. Sin embargo, Clay se contuvo lo suficiente como para darle el control y Trish no lo decepcionó. Siguió besándolo hasta dejarlo sin aliento, desabrochándole la camisa para acariciarle los hombros, el torso… le encantaba tocarlo, sentir su fuerza. Lo miró a la luz de las velas, memorizando cada centímetro de su cuerpo.

Cuando acarició sus tetillas, Clay se arqueó, intentando tomar el control, pero ella negó con la cabeza, empujándolo suavemente sobre el colchón.

–No te muevas, disfruta.

Los oscuros ojos de su marido se oscurecieron aún más.

–Hecho.

Trish sonrió mientras seguía acariciándolo y esas caricias los excitaban a los dos por igual. Era, en una palabra, perfecto. Y esa noche era todo suyo.

Trish le desabrochó la hebilla del cinturón y bajó la cremallera de los vaqueros centímetro a centímetro mientras lo miraba a los ojos.

–Te vas a meter en un lío –le advirtió él.

–Veo que te has dado cuenta.

Esa noche pensaba arriesgarse. Siempre se había protegido a sí misma, pero no lo haría aquella noche, no le negaría ningún placer. Esa noche iba a meterse en un lío y lo sabía.

Lo ayudó a quitarse los vaqueros y los calzoncillos y levantó la mirada antes de inclinarse hacia él con un brillo travieso en los ojos.

Cuando empezó a rozarlo con la lengua, notó que Clay se ponía tenso.

–Maldita sea –murmuró, entre dientes.

Cuando lo tomó en la boca, Clay dejó escapar un gemido ronco mientras le enredaba las manos en el pelo, guiándola, mostrándole sin palabras cómo le gustaba. Aunque ella ya lo sabía.

Siguió dándole placer hasta que él emitió un gemido ronco y esta vez el tono de advertencia era real. Clay tenía sus límites.

Sin decir nada, desabrochó el escote *halter* del vestido y acarició sus pechos con la punta de los dedos, creando un río de lava entre sus piernas.

Esta vez fue ella quien le demostró cómo le gustaba y la pasión aumentó hasta que ninguno de los dos podía soportarlo más.

–Vamos, cariño –murmuró.

–No, aún no –Trish se puso de rodillas en la cama para quitarse el vestido. Quería que durase, quería crear un recuerdo, quería que fuese perfecto–. Aún hay más.

Clay esbozó una sonrisa.

–Demuéstramelo.

–Abre el cajón de la mesilla y saca un par de preservativos.

–¿Un par?

–Por lo menos –murmuró ella.

De inmediato, vio un brillo de aprobación en sus ojos oscuros. Unos segundos después, cuando ya se había enfundado un preservativo, se colocó sobre su erección, rozando la punta con su sexo una vez, dos, hasta que él murmuró una imprecación. Pero Clay tenía armas que podían dejarla indefensa y buscó su entrada con los dedos para acariciar la sensible piel hasta que Trish estuvo a punto de perder el control.

Mantenía una presión constante mientras ella subía y bajaba una y otra vez, tomándolo profundamente, hasta el fondo, el lento y erótico ritmo era una tortura para los dos, que murmuraban palabras desesperadas. Trish arqueó la espalda, llevando aire a sus pulmones, el pelo le caía sobre los hombros mientras él sujetaba las caderas.

–¡Clay! –gritó.

–Maldita sea… –con voz ronca, él le daba eróticas órdenes a las que Trish respondía, llevándolos a los dos al viaje más excitante de sus vidas.

El orgasmo fue casi sincronizado y Clay temblaba visiblemente cuando Trish abrió los ojos, a tiempo para ver su expresión atormentada.

Se quedaron en silencio durante unos segundos y cuando ella intentó incorporarse, Clay la sujetó del brazo.

–¿Dónde vas?

–A ver si Meggie sigue durmiendo.

–Voy contigo.

–No, quédate. Volveré enseguida.

Clay asintió con la cabeza mientras la veía ponerse el albornoz y salir de la habitación.

Trish se apoyó en la puerta, suspirando. Había sido tan increíble que aún temblaba, pero el deseo que sentía por Clay no había sido saciado del todo.

Iba a ser una noche fantástica, sin barreras.

Meggie estaba moviéndose en la cuna. Era hora de cambiarle el pañal y darle el biberón.

–Estoy aquí, cariño.

La niña arrugó la carita. Estaba mojada y hambrienta y dejó escapar un grito de frustración.

–No, no, cariño...

Trish se inclinó para sacarla del parque y cuando Meggie apoyó la cabecita en su hombro experimentó una increíble sensación de felicidad. Con Clay en la otra habitación y Meggie en brazos, lo tenía todo... pero no, no era cierto. No lo tenía todo, era una ilusión.

Red ridge no era su hogar.

Clay no era ya su marido o no lo sería durante mucho tiempo.

Y mientras recordase eso, todo iría bien.

Después de cambiarle el pañal, fue con Meggie a la cocina para calentar el biberón mientras le cantaba una nana.

Le pareció escuchar un ruido y cuando levantó la cabeza vio a Clay apoyado en el quicio de la puerta.

116

Se había vuelto a poner los vaqueros y estaba mirándolas con los ojos brillantes.

Solo era un momento, un breve interludio donde todo era posible.

Pero tenía que dejar de pensar así. No había ido a Red Ridge para recuperar a Clay sino para todo lo contrario. No había nada resuelto entre ellos.

Trish no quería arruinar aquel momento volviendo a la dura realidad, pero tenía que hacerlo porque en cuanto se fuera del rancho Clay seguiría adelante con su vida.

Al día siguiente llamaría a la inmobiliaria para decirles que quería la casa. Aquello solo podía ser un breve interludio antes de empezar su nueva vida, sola con Meggie.

Cuando sonó el pitido del microondas, Clay sacó el biberón y se lo ofreció.

–Gracias.

–De nada.

–Llévala a la cuna cuando termine –murmuró él, acariciando el pelito de Meggie.

La niña lo miró, pero cuando Trish puso la tetina en su boca, agarró el biberón con las dos manos, concentrándose en comer.

Trish la había dejado en el parque para poder tener un par de horas a solas con Clay en el dormitorio y, aunque sabía que la niña había dormido perfectamente, se sentía un poco culpable. Y él, perceptivo como siempre, se había dado cuenta.

Cuando se quedó dormida, Trish la llevó al dormitorio y Clay la observó, en silencio, mientras la metía en la cuna. Luego sopló las velas, que estaban casi derretidas, y tomó las copas para llevarlas a la cocina.

Trish lo encontró allí, esperándola.

–Se ha quedado dormida.

–Buena chica –dijo él, ofreciéndole una copa.

Estaba despeinado y la sombra de la barba le daba un aspecto aún más sexy, si eso era posible.

Trish tomó un sorbo de vino. Desde que Meggie apareció en su vida no había podido probar el alcohol porque la niña dependía de ella y debía tener la cabeza despejada en todo momento. Además, no necesitaba alcohol para desear a Clay, ellos siempre se habían emborrachado el uno del otro.

Aquel recuerdo permanecería siempre con ella porque cuando volviese a Nashville su vida tomaría un rumbo completamente diferente, centrada en Meggie y en su trabajo. No tendría tiempo para romances.

Y no se imaginaba a sí misma abriéndole el corazón a otro hombre.

Mientras lavaba el biberón bajo el grifo empezó a sentir algo que no debería sentir. Pero las circunstancias empezaban a confundirla.

–¿Qué haces? –le preguntó él, tomándola por los hombros.

No iba a pensar esa noche, decidió. Se dejaría llevar por el deseo, un deseo que no podía ni quería negar.

Trish se desabrochó el cinturón del albornoz y Clay tragó saliva.

–Nada –respondió, echándole los brazos al cuello–. Quiero hacerlo otra vez.

Él rio, una risa ronca y masculina.

–¿Tienes en mente algún sitio en particular?

–Esta vez, te toca elegir a ti –respondió Trish–. Pero después elegiré yo.

Capítulo Ocho

—No puedes decirlo en serio —murmuró Trish, nerviosa.

—Deja de preocuparte, no va a pasar nada —dijo Clay, montado en un caballo enorme llamado Trueno.

¿Cómo había dejado que la convenciese?

Cuando alargó los brazos para tomar a Meggie, Trish estuvo a punto de salir corriendo.

—Venga, dámela, no le va a pasar nada.

—¿Estás seguro?

No quería discutir con él delante de los niños, el tercer grupo en tres semanas. Todos ellos se enamoraban de Meggie y estaban encantados al ver al bebé sobre el enorme caballo.

—Pues claro que estoy seguro. Vamos, dámela.

—¿No se caerá?

—¿Pretendes insultarme, cariño?

—No, claro que no.

—Llevo montando desde los tres años. Sé montar mejor que caminar, te lo aseguro. ¿A que sí, Wes? —Clay miró al capataz, que estaba ayudando a una niña de ocho años a subir a un caballo.

—Desde luego que sí. Meggie está a salvo con él —afirmó Wes.

–¿Lo ves? Voy a llevarla en la mochila y sabes que es muy resistente. Además, tú irás a mi lado.

Trish sabía que Clay era un jinete experto, pero la niña era tan pequeña...

–Muy bien, de acuerdo –dijo por fin, entregándole a Meggie en su mochila.

La niña sonrió de inmediato. Cada día estaban más encariñados el uno con el otro y Trish no había podido evitarlo. Pasaban mucho tiempo con Clay y estaba claro que él disfrutaba estando con Meggie.

Durante el día, ella preparaba la gala mientras Clay se dedicaba a sus asuntos, pero se encontraban por las tardes en Penny's Song, donde Trish se encargaba de la tienda y él de los niños. Y por las noches terminaban en la cama, haciendo el amor.

Trish sabía que era una simple aventura, algo temporal. Sin embargo, aquellas tres semanas habían sido maravillosas.

Aún quedaban unos días hasta la celebración de la gala, pero dos días más tarde volvería a Nashville y tendría que retomar su vida.

–Será mejor que le pongas el gorrito –dijo Trish, mientras subía a su yegua para tomar la senda que rodeaba la propiedad.

Meggie movía las piernecitas, emocionada, balbuceando cosas incoherentes. Estaba claro que era feliz.

–Le encanta –dijo él.

Demasiado, pensó Trish. Porque poco después la niña no tendría a Clay hablándole en voz baja o leyéndole un cuento por la noche...

Meggie estaba encariñándose con él y eso era lo último que Trish deseaba, pero sus miedos se vieron multiplicados al pensar que no era la única. Si miraba en su corazón, debía reconocer que a ella le pasaba lo mismo.

Pero en lugar de pensar en eso, respiró profundamente e intentó disfrutar del paisaje.

A medio camino, Clay señaló a Meggie y Trish vio que estaba profundamente dormida, con la cabecita inclinada a un lado, la mano de Clay debajo a modo de almohada.

–¿Quieres que volvamos?

–Sí, deberíamos volver.

Una vez en los establos, Clay desmontó, sujetando a Meggie con una mano. Trish desmontó también y sujetó las riendas de los dos caballos hasta que llegó Travis, el mozo.

–Si no te importa encargarte de ellos… tengo que llevar a Meggie a casa.

–No se preocupe, señora Worth. Yo me encargo de todo.

Uno minutos después, Clay había colocado a Meggie en la sillita de seguridad.

–Nos vemos esta noche.

–Esta noche no puedo. He quedado a cenar con Callie –dijo Trish.

Él frunció el ceño.

–¿Vais a salir?

–Sí, las tres solas. Meggie, Callie y yo –Trish estaba bromeando, pero en realidad se alegraba de poner un poco de espacio entre los dos. Se habían acercado mucho durante esas semanas y, sin embargo, ni Clay ni ella habían hablado de sentimientos.

–Muy bien –asintió Clay–. Nos veremos mañana.

Trish lo vio alejarse, pensativa. Era una estrella, un hombre cómodo en su propia piel, alguien que tenía el mundo a sus pies. Había conseguido todo lo que buscaba en la vida salvo una cosa: Clay quería tener hijos y ella se los había negado. Y también había cuestionado su honor...

En resumen, había sido un bache en su vida.

Suzy Johnson salió de la enfermería para saludarlo y puso una mano en su brazo, riendo.

Una vez que se fuera del rancho, Suzy ocuparía su sitio en la vida de Clay, dándole todo lo que quería.

Trish sintió una punzada de celos y, sin poder evitarlo, los ojos se le llenaron de lágrimas. Ver a Suzy con Clay le ofrecía una triste imagen de su futuro y se le encogió el corazón cuando por fin admitió la verdad.

Aquel no era su sitio.

Nunca lo había sido.

Tagg, Jackson y Clay jugaban al póquer por pura rivalidad fraternal. El que ganaba donaba el dinero a Penny's Song o a alguna otra organización benéfica, pero esa noche Clay no tenía la cabeza en la partida.

Inquieto, se llevó el vaso de whisky a los labios.

A Trish le pasaba algo aquel día. Parecía diferente, como si estuviera deseando librarse de él. Usando como pretexto la organización de la gala habían pasado muchas noches juntos, pero pronto se marcharía y él se quedaría allí.

–Te toca –dijo Tagg–. ¿Apuestas o no?

–Espera un momento –Clay miró sus cartas, pero no podía concentrarse.

Jackson tiró las suyas sobre la mesa, mostrando dos ases.

–¿Se puede saber qué te pasa? ¿Por qué estás tan distraído?

–Tengo muchas cosas en la cabeza.

–¿Ocurre algo?

–No, nada –respondió Clay.

Pero no era cierto. Había pensado que hacía el amor con Trish solo por deseo, que cuando se fuera a Nashville la olvidaría y seguiría adelante con su vida, pero no estaba siendo tan fácil como había pensado.

Con Trish nada era fácil.

Y Meggie, la pobre Meggie, ese bultito de pañales sucios, biberones, baberos y gritos aterradores había encontrado la forma de meterse en su corazón.

Cuando la imagen de Meggie aparecía en su cerebro, lo único que veía era su preciosa sonrisa y decirle adiós, como decírselo a Trish, le rompería el corazón.

–Si la organiza Trish, seguro que será una gala estupenda –comentó Jackson.

–Sí, desde luego.

–¿Se irá después de la gala? –le preguntó Tagg.

Clay se tomó el resto del whisky antes de dejar el vaso sobre la mesa.

–Supongo que sí. Y entonces todo habrá terminado.

Silencio.

–Muy bien, imagino que hemos terminado de jugar por hoy. Podemos ver el final del partido –sugirió Tagg–. Callie no volverá a casa hasta dentro de un par de horas.

–¿Cómo lo sabes? –le preguntó Clay.

Tagg sacó el móvil del bolsillo.

–La tecnología es maravillosa… va a ver una película con Trish.

Jackson soltó una carcajada

–El móvil es una buena forma de tenerla controlada.

Su hermano sonrió, más contento de lo que Clay lo había visto nunca.

–Cuéntamelo cuando tu mujer esté embarazada. Dime entonces que no querrás saber dónde está y qué hace cada minuto del día.

Jackson iba a decir algo, pero pareció pensárselo mejor.

–Te creo.

–Me alegro –Tagg le dio una palmadita en la espalda–. Oye, Clay, escuché tu entrevista en la radio el otro día. Estuvo bien, aunque parecías un poco oxidado.

Tenía razón, pensó él, estaba oxidado.

Pero no echaba de menos ser una celebridad.

Volver al rancho de su familia había sido la mejor decisión de su vida.

–No quería dar la entrevista, pero Trish me convenció. Es bueno para Penny's Song.

Sus hermanos asintieron con la cabeza.

Clay se levantó entonces porque no estaba de humor para jugar al póquer o ver un partido de béisbol.

–Me marcho, gracias por la partida.

Tagg se levantó también.

–Espera un momento

–¿Por qué? ¿Qué ocurre?

Su hermano sirvió whisky en los tres vasos y levantó el suyo para decir:

–Quiero brindar por mi hijo. Vamos a tener un niño y se llamará Rory Taggart Worth.

–Enhorabuena –lo felicitó Jackson.

–Es una gran noticia –dijo Clay–. Papá se sentiría muy orgulloso.

–Sí, es verdad.

Clay volvió a sentarse porque necesitaba un trago. Aunque no le dolía la felicidad de su hermano, al contrario. Tagg lo había pasado muy mal cuando su primera esposa murió y por fin tenía la vida que merecía. Pero eso no evitaba que se le encogiera el corazón.

Él le había fallado a su padre, el hombre al que había admirado y querido siempre. No iba a poder cumplir la promesa que le hizo en su lecho de muerte.

Cuando Clay hacía una promesa intentaba cum-

126

plirla y aquella había sido la más importante de su vida. Había culpado a Trish por ello, pero su mujer había sido una cabeza de turco, la única persona a la que podía acusar. Y no la había perdonado.

«Pero a ella le hiciste otra promesa, imbécil, una igualmente importante».

Y no la había cumplido.

¿También le había fallado a Trish? Se había casado con ella prometiendo amarla durante toda la vida. Siempre la había culpado a ella por lo que fallaba en su matrimonio, pero decidió admitir su parte de culpa en la ruptura...

¿Por qué ahora? ¿Por qué admitía por fin que también había sido culpa suya?

No lo sabía y volvió a casa sintiéndose peor que nunca.

Una vez allí, tomó una botella de whisky del bar y subió a su dormitorio. Aceptar la verdad no era tarea fácil y Clay decidió no pensar en ello esa noche. Con la cabeza embotada por el alcohol, cayó en un profundo sueño...

Cuando despertó a la mañana siguiente, le dolía la cabeza. Había bebido hasta caer borracho la noche anterior, pero tenía trabajo que hacer y, a juzgar por la posición del sol en el cielo, eran más de las nueve.

Cuando le sonó el móvil, se sentó en la cama y miró alrededor buscando el aparato, que estaba tirado en el suelo, entre el pantalón y los calcetines.

–¿Qué?

–Clay, soy Raoul Onofre, del banco Southwest.

Raoul Onofre era un amigo del colegio que lo había enseñado a tocar la guitarra. Solían tocar juntos años atrás, pero ahora Raoul era el director del banco mas importante de Red Ridge.

–¿Teníamos una cita esta mañana?

–No, no, pero hay una cuestión que me gustaría aclarar. He recibido una llamada de una de nuestras sucursales en Nashville y parece que tu mujer, Trisha, ha pedido un préstamo para comprar una casa. No sé por qué razón el papeleo ha llegado hasta mí. Aparentemente, Trisha no quiere que cuenten con tus posesiones como aval.

Clay tardó unos segundos en procesar la noticia. Le molestaba, pero no debería sorprenderle que Trish quisiera comprar una casa en Nashville para Meggie y para ella.

Pero una casa en Nashville significaba que su divorcio era definitivo, significaba que Trish iba a seguir adelante sin él.

Sabía que tenía que ser así y, sin embargo, esa realidad fue como una bofetada.

–Agradezco mucho tu llamada, Raoul.

–¿Va todo bien?

–Sí, muy bien. Estoy muy ocupado organizando la gala para Penny's Song. Vas a ir, ¿no?

–Por supuesto que sí. Es lo más importante que ha pasado en Red Ridge en una década. Después de tu estelar entrevista en la radio, mi mujer me colgaría si no la llevase.

–Muy bien, entonces nos veremos allí.

Clay cortó la comunicación y suspiró, intentando enfrentarse con la realidad:

Trish y Meggie se irían de Red Ridge en tres días.

Capítulo Nueve

Trish estaba sentada en la terraza del hotel, detrás de una verja de hierro forjado cubierta de azaleas. El restaurante del hotel, Calderone's, era famoso por sus tortillas mexicanas, su guacamole y sus margaritas de diferentes sabores. Diecisiete ni más ni menos. Y aquel día le habría gustado probar alguno.

Meggie estaba en su cochecito, a punto de quedarse dormida.

–Mi hermano llegará pronto –le dijo–. Viene de California y estoy deseando verlo…

–Ya estoy aquí. Puntual como siempre.

Trish levantó la cabeza al escuchar esa voz tan familiar.

–¡Blake! –exclamó, saltando de la silla para echarle los brazos al cuello–. No me lo puedo creer. Has venido de verdad.

–Te dije que vendría.

–Lo sé, pero ha pasado tanto tiempo. Y te he echado de menos.

–Yo también a ti.

Trish estudió su rostro, una costumbre que no había perdido nunca. Blake estaba totalmente recuperado, pero era como si tuviese que mirarlo durante unos segundos para grabar en su mente la imagen del chico sano que era después de haber estado a punto de morir cuando era niño.

–Aún no conoces a Meggie.

–No, no la conozco –Blake se puso en cuclillas para mirar a la niña–. Hola, preciosa. Soy tu tío Blake y pienso mimarte mucho.

–Ya le has enviado una docena de juguetes.

Blake miró a su hermana con una sonrisa en los labios.

–Ahora eres una mamá. Tenía que verlo para creerlo.

–Lo soy –asintió Trish–. Y estoy intentando acostumbrarme a la idea, aunque no es fácil.

–Ya imagino.

–Yo nunca hago las cosas de manera normal, ¿verdad?

–Ni yo tampoco. Pero eso está bien.

Blake no pensaba nunca en el pasado y siempre había tenido una actitud positiva. Algunos decían que eso era lo que lo había mantenido con vida.

Trish se alegró al saber que su empresa de videojuegos iba bien. Su hermano siempre había sido un diseñador extraordinario de otros mundos.

Estar solo en una habitación de hospital durante tanto tiempo, alejado de la vida real, había despertado su imaginación y mientras otros niños jugaban al baloncesto o al fútbol o montaban una banda de rock, Blake inventaba juegos en su cabeza. Y Trish se alegraba de que su tiempo en el hospital no hubiera sido tiempo perdido.

Ahora vivía en California, donde estaba su empresa, o viajando por todo el país para vender sus ideas.

–No sabía si querrías venir –le dijo–. Imagino que estás harto de enfermedades y lo entiendo.

–Pero yo entiendo a esos niños mejor que nadie, así que ponme a trabajar.

–Lo haré, te lo aseguro. Espero que ya te hayas instalado en el hotel porque nos vamos a Penny's Song en cuanto terminemos de almorzar.

–¿Clay está ayudándote?

–Sí, mucho –respondió ella–. Nos entendemos bien –añadió, sabiendo que su hermano era demasiado discreto como para preguntar por su divorcio–. Los dos estamos comprometidos con el proyecto, así que no ha habido ningún problema.

Y ahora que Blake estaba allí, sus días y sus noches estarían ocupados. Era una bendición en muchos sentidos, aunque la entristecía porque su secreta aventura con Clay había terminado.

–¿Has hablado con mamá y papá últimamente? –le preguntó su hermano.

–Hablo con ellos dos o tres veces por semana y parecen estar pasándolo bien en Florida. Los he invitado a venir, pero… en fin, han pensado que sería un poco incómodo. Ya sabes, por el divorcio. ¿Hablas con ellos a menudo?

–No, la verdad es que no. Viajo mucho y cuando estoy en casa siempre tengo cosas que hacer –respondió Blake, sin mirarla.

Su hermano estaba ocultándole algo, Trish se daba cuenta.

–¿Pasa algo?

–Nada, es que necesito un poco de espacio. Hablamos, pero no como antes. Ya no estoy enfermo y me cansa tener que dar explicaciones sobre mi salud, sobre si me cuido o no… quiero vivir una vida normal.

Trish sonrió, comprensiva. Blake y ella tenían problemas opuestos. Sus padres estaban perpetuamente preocupados por él y siempre habían pensado que la eficiente Trish podía cuidar de sí misma. Ni siquiera habían ido a conocer a Meggie, su nieta. Habían prometido ir a Nashville el mes siguiente, pero Trish no estaba segura de que fuera verdad.

–Lo entiendo, pero es casi como una segunda naturaleza para ellos estar preocupados por ti.

–Lo sé y agradezco mucho todo lo que hicieron por mí… y también sé lo que mi enfermedad te costó a ti.

–No, eso no es verdad –se apresuró a decir Trish. No podía dejar que Blake sufriese por ella–. A mí no me costó nada.

–Sí te costó, pero vamos a dejarlo. Cuéntame cosas de Meggie.

Trish se sentía feliz al verlo tan sano, tan contento. Su vida era estupenda y nada podría satisfacerla más.

Cuando sonó el timbre a las seis, Trish estaba segura de que sería su hermano y abrió la puerta con una gran sonrisa… pero se encontró cara a cara con Clay, que la miraba con el ceño fruncido.

–Ah, hola.

–Hola, Trish –recién afeitado y duchado, iba vestido para salir a cenar–. ¿Dónde está Meggie?

–En el parque, jugando –respondió ella, sorprendida.

Clay respiró profundamente.

–Tengo que hablar contigo.

–Pues… ahora no es buen momento. Mi hermano va a venir a cenar.

–Vas a comprar una casa en Nashville –dijo Clay entonces.

Trish lo miró, sorprendida. ¿Cómo lo sabía? ¿Se lo habría contado Callie?

–¿Cómo lo sabes?

–Los del Southwest han llamado a la sucursal de Red Ridge y el director es amigo mío.

–Ah, claro, y tu amigo ha corrido a contártelo –Trish se puso en jarras–. ¿Cuál es el problema?

–Deberías habérmelo dicho.

–No es asunto tuyo si compro una casa o no. No te he pedido nada.

Clay levantó los ojos al cielo.

–Si necesitas que firme un aval solo tienes que pedírmelo.

–Pero es que no necesito un aval. No necesito nada de ti.

–Tú nunca necesitas nada, ¿verdad?

Trish lo miró, perpleja. ¿Por qué estaba allí y por qué parecía tan enfadado?

–No te entiendo.

–Olvídalo –dijo él, dirigiéndose al dormitorio.

–¿Dónde vas?

Trish vio que se detenía en la puerta de la habitación para mirar a Meggie. La niña dio un salto de alegría al verlo, alargando los bracitos hacia él.

–¿Cómo está mi angelito?

Cuando se inclinó para sacarla del parque, a Trish se le encogió el corazón. Clay empezó a canturrear una canción que hacía que sus fans se desmayasen y Meggie estaba como hipnotizada.

Que el cielo la ayudase.

Sujetaba a la niña con ternura y era evidente que se encontraban a gusto juntos.

Trish cerró los ojos.

«No lo ames, no lo ames, no lo ames».

Pero no podía evitarlo: amaba a Clay.

Amaba a su marido y probablemente nunca había dejado de amarlo.

Esa revelación la dejó sin fuerzas. No podía seguir mirándolos, de modo que se dio la vuelta para ir a la cocina, conteniendo las lágrimas.

Pero cuando Blake llamó al timbre, Trish había logrado controlarse y abrió la puerta con una sonrisa en los labios, aunque se le estaba partiendo el corazón.

Otra vez.

–Bonita casa –dijo su hermano, mirando alrededor–. Si no recuerdo mal, tú la reformaste.

–Sí, es verdad. Y lo pasé muy bien haciéndolo –respondió ella, después de aclararse la garganta–. Ven a la cocina, la cena ya está casi lista. Espero que tengas apetito.

–No debería, pero lo tengo.

–Me alegro –dijo Trish. Porque su apetito había desaparecido.

Clay entró en la cocina con Meggie en brazos y, al ver a Blake, la niña se agarró a su cuello, tímida de repente.

–Me alegro de verte, Blake –lo saludó, ofreciéndole su mano.

–Lo mismo digo. Veo que te has hecho amigo de Meggie.

–Es una niña estupenda.

–Sí, es verdad. ¿Vas a cenar con nosotros?

Antes de que Trish tuviese tiempo de decir nada, Clay negó con la cabeza.

–Tengo cosas que hacer.

Mejor, pensó ella, demasiado angustiada y conmovida como para tener que disimular durante horas.

Pero se preguntó dónde iría vestido de manera tan elegante. Aunque sería mejor no pensarlo.

Clay puso a Meggie en los brazos de Trish y la niña no protestó, acostumbrada ya a pasar de los brazos de un adulto a otro.

–Me han dicho que los niños lo han pasado de maravilla contigo esta tarde.

–También yo lo he pasado bien. Tenemos muchas cosas en común –Blake suspiró–. Lo que mi hermana y tú estáis haciendo es estupendo. Estoy impresionado con Penny's Song.

–Yo también estoy muy orgulloso –asintió Clay–. En fin, tengo que irme.

En cuanto la puerta se cerró, Trish dejó escapar un suspiro.

–¿Qué te pasa? –le preguntó Blake–. De hecho, ¿qué os pasa a los dos? Clay ha salido prácticamente corriendo.

¿Qué le pasaba? Que había hecho las dos cosas que había jurado no hacer nunca: volver a enamorarse de Clay y dejar que Meggie se encariñase con él. Porque, por mucho que quisiera creer lo contrario, Clay no le había hablado de sentimientos, no le había pedido que se quedase en Red Ridge. Habían compartido unas cuantas noches de sexo, nada más. Había sido una tonta y tendría que pagar un precio por ello. Pero Meggie también.

–Me parece que esta vez he metido al pata hasta el fondo.

Trish y Clay tomaban un café mientras hablaban sobre los últimos detalles de la gala, que tendría lugar al día siguiente. Parecía de mejor humor que el día anterior, aunque se mostraba un poco distante. No tocó el bollo de canela que Trish le había ofrecido y no parecía muy hablador, pero consiguieron finalizar los detalles.

–Parece que irá mucha gente –dijo ella, satisfecha–. Y no creo que se nos haya pasado ningún detalle.

–No, lo tienes todo cubierto.

–Sobre el papel tiene buen aspecto –asintió Trish, pasándose las manos por las perneras del pantalón–. Pero organizarlo todo mañana será otra cuestión. Quiero irme a Penny's Song en cuanto Meggie despierte para asegurarme de que todo esté listo.

–Será una gala brillante, no tengo la menor duda.

Trish tenía dudas sobre todo en su vida últimamente, pero esperaba que se recaudasen fondos suficientes.

Tenía que olvidar sus sentimientos por Clay y dejar su corazón roto para otro momento. Y, afortunadamente, él estaba cooperando.

–Bueno, tengo un montón de cosas que hacer –Clay se levantó para ponerse el sombrero.

Trish lo acompañó a la puerta, agradeciendo que su reunión hubiera sido tan cordial y, sobre todo, que no hubiesen hablado de cosas personales.

–Ah, casi se me olvida –Clay se sacó un papel del bolsillo de la camisa–. Anoche tuve una cena con un ganadero de la zona y este es nuestro primer donativo.

Trish desdobló el cheque y lanzó una exclamación:

–¡Cincuenta mil dólares!

Clay esbozó una sonrisa.

–Ya sabía que te haría ilusión.

–¿Quién es?

–Un viejo amigo mío. Le mostré el rancho antes de ir a cenar y se quedó entusiasmado con los niños. Por eso sé que en la gala de mañana recaudaremos mucho dinero. En cuanto la gente conozca a esos niños empezarán a abrir sus carteras, seguro.

–Eso espero –dijo ella.

Se sentía un poco mejor, pero debía admitir la verdad. Lo que la había animado era saber que no había estado con Suzy Johnson la noche anterior sino con un amigo rico.

–Trish… –empezó a decir Clay antes de que cerrase la puerta.

–¿Qué?

–Creo que mañana deberíamos presentar un frente unido, por los niños.

–Sí, claro. Al menos, eso es algo que tenemos en común.

Él la miró en silencio durante unos segundos.

–Muy bien, nos vemos mañana.

Más tarde, Trish fue a Penny's Song con Blake y Meggie y le recordó a los niños su papel en la gala. Y, uno por uno, todos le dieron su palabra de que lo harían bien.

Cuando Blake se alejó hacia los establos con Meggie, Trish se acercó a un altozano desde el que se veía todo el rancho, imaginando cómo quedaría al día siguiente con las luces y las mesas.

Callie llegó a su lado poco después.

–Hola, Trish. ¿Dónde está Meggie?

–Con mi hermano. Creo que están en lo establos.

Callie sonrió.

–Ah, estás haciendo progresos. Ya puedes dejársela a otra persona.

–Sí, bueno, no te creas.

–Pensé que habías dejado a la niña con Clay.

–No, pero la verdad es que se llevan muy bien. De hecho, Meggie lo adora.

–Y Clay adora a la niña.

–No debería haber dejado que ocurriese –murmuró Trish–. Meggie lo echará mucho de menos cuando nos vayamos.

–Entonces, no te vayas –dijo Callie.

–Tengo que irme. Aquí no me retiene nada, ya no.

–¿Sabes lo que pienso? Que sigues enamorada de Clay y que a él le pasa lo mismo, pero ninguno de los dos es capaz de dar el primer paso.

–Callie…

–Creo que deberías perdonarlo y él tiene que perdonarte a ti porque solo seréis felices el uno con el otro. Formáis una familia maravillosa.

Trish estaba atónita. Callie había resumido su problema en unas cuantas frases. Y tenía razón, pero no podía ser. Por una vez en su vida, quería sentirse amada por completo y nada había cambiado entre Clay y ella.

¿O sí? Empezaba a tener dudas y no sabía cómo argumentarlas.

–La última vez me dolió tanto… no puedo, Callie.

Ella le puso una mano en el brazo.

–Tagg y yo también hemos sufrido mucho, pero mira lo felices que somos ahora. ¿Qué tienes que perder, Trish? Si no funcionase, al menos habrías hecho un último esfuerzo.

–¿Pero cómo?

–Mañana es tu última oportunidad. Deja a Clay boquiabierto. Hazlo por Meggie, por Clay, pero sobre todo por ti. Porque sigues enamorada de Clay, ¿verdad?

Trish tuvo que hacer un esfuerzo para contener las lágrimas.

–Sí.

–Entonces, inténtalo por última vez.

–¿Tagg le ha pedido lo mismo a Clay?

Su amiga sacudió la cabeza.

–Mis labios están sellados.

Capítulo Diez

Trish respiró profundamente mientras se miraba al espejo por última vez. Llevaba un vestido de lentejuelas plateadas que se ajustaba a su cuerpo como un guante, con un escote en la espalda que llegaba hasta donde era considerado decente, y se había hecho un recogido en la mejor peluquería de Red Ridge.

«Quieres sexo», había dicho Clay la última vez que se vistió para él. Y tenía razón. Pero aquella noche había mucho más en juego. Lo quería todo y si él no estaba dispuesto a dárselo sabría que no había futuro para ellos.

–Bueno, vamos allá.

Meggie sonrió desde su cuna, mostrando dos manchitas blancas que empezaban a salirle en la encía de abajo. Pronto tendría dientes, pero en aquel momento esas dos manchitas blancas le parecían diamantes.

Con la ayuda de Helen, Trish le puso un vestido de tafetán rosa, con calcetines y zapatos del mismo color y un lacito en el pelo que, afortunadamente, Meggie no intentó arrancarse. La niña parecía notar que aquel día iban a hacer algo emocionante.

–Gracias otra vez por venir con nosotros, Helen. Voy a necesitar refuerzos.

–Esta noche tiene usted mucho que hacer. No se preocupe por Meggie, yo me encargo de ella.

–Lo sé –dijo Trish–. Y Blake ayudará también.

El ama de llaves la miró de arriba bajo.

–Estás usted guapísima, parece una princesa. Y Meggie también.

–Sí, es verdad. Con ese vestido rosa parece un angelito –Trish había pasado toda la mañana en Penny's Song dando los últimos retoques a la gala, pasando al lado de Clay varias veces mientras daba órdenes y lo comprobaba todo. Pero había llegado el momento–. Creo que es hora de irnos.

Aquella noche se jugaba mucho y rezaba para que hubiese un final feliz. Porque aquella era su última oportunidad.

Clay aparcó el coche a veinte metros de la entrada del rancho y se apoyó en el capó del Mercedes durante unos segundos, con la chaqueta del esmoquin colgada al hombro. Aún no habían llegado los invitados y podía oír el piafar de algún caballo. En menos de media hora, Penny's Song estaría lleno de vida pero, por el momento, los niños estaban descansando y Clay absorbió el silencio, sintiéndose orgulloso de lo que había creado allí.

La transformación de Penny's Song para la elegante gala era asombrosa e incluso el tiempo estaba cooperando, la brisa nocturna refrescaba el aire.

Pronto, el horizonte se llenaría de tonos anaranjados, como un halo sobre las cumbres rojizas de las montañas, a juego con las luces que Trish había colocado por todas partes. Quería que los invitados viesen Penny's Song en toda su gloria y estaba a punto de conseguirlo.

Clay dejó escapar un suspiro, recordando lo que le había dicho Tagg unos días antes: «No seas idiota. Si tienes alguna duda, no la dejes ir».

No podía dejar de pensar en ello.

«No la dejes ir».

Cuando los niños empezaron a salir de sus habitaciones, arreglados y emocionados al ver las mesas cubiertas con elegantes manteles de lino blanco, Clay bajó a saludarlos y les dijo que fueran ellos mismos cuando llegasen los invitados.

—Es emocionante —dijo Suzy, que acababa de aparecer a su lado—. Y estás muy guapo con el esmoquin.

Clay esbozó una sonrisa. Trish le había ordenado que se pusiera un esmoquin y tenía razón.

—Tú también. Ese vestido es muy bonito.

—Gracias.

—El rancho está precioso —comentó Wes, el capataz.

Los invitados estaban empezando a llegar, algunos en coche, otros en limusina, y Clay buscó a Trish con la mirada.

Y enseguida la vio.

Había aparcado el Volvo detrás del corral y salía del coche con Meggie en brazos. Llevaba el pelo sujeto en un recogido muy original y el vestido plateado se pegaba a su cuerpo como una segunda piel.

Clay sintió que se le encogía el corazón al mirar a

144

madre e hija, las dos preciosas, las dos llenando un hueco en su corazón que nadie más podía llenar.

Se estremeció entonces, físicamente conmovido por tal pensamiento. No podía hacer nada más que mirarlas, intentando mantener el equilibrio mientras admitía la verdad.

Trish y Meggie eran su familia.

Lo había sabido desde el principio, pero se había negado a aceptarlo.

Tagg tenía razón: no podía dejarlas ir.

Menudo momento para descubrir eso, pensó.

Cuando se reunió con ellas, Blake, Callie, Tagg y Jackson se unieron al grupo, dándole golpecitos en la espalda.

Trish sonrió, sus ojos brillaban de alegría.

—Qué bien ha quedado todo, ¿verdad?

—Está maravilloso.

—Y mira a los niños, qué contentos. Están enseñándole el rancho a los invitados como les habíamos pedido.

—Tu trabajo está dando dividendos.

—Todo el mundo ha aportado algo —dijo Trish—. Yo solo he organizado la gala de esta noche, son ellos los que lo llevan durante el resto del año.

Lo único que Clay quería era decirle que estaba preciosa y pedirle que se quedara, pero no podía hacerlo con tanta gente alrededor.

Inquieto, la tomó del brazo para llevarla aparte.

—Tengo que hablar contigo esta noche, Trish.

—Muy bien —murmuró ella.

—Iré a tu casa después de la gala.

Trish asintió con la cabeza.

–De acuerdo.

Antes de que Clay pudiese decir nada más, Harold Overton, un magnate del petróleo, los interrumpió.

–Clay, ¿cómo estás?

–Me alegro de verte –dijo él, estrechando su mano.

–He venido desde Houston solo porque tú me lo pediste.

–Y te lo agradezco mucho. Voy a presentarte a… –Clay se volvió, pero Trish se había alejado con tres mujeres que no dejaban de hablar–. Bueno, no importa, mi conspiradora en esta fundación esta ocupada ahora mismo.

Durante toda la noche ocurrió lo mismo: Clay y Trish se encontraban un momento para verse separados por alguien un segundo después.

Después de servir unos aperitivos, los invitados se sentaron a las mesas y, en ese momento, se encendieron las luces. Parecía haber miles de ellas por todas partes, colgando de la cerca del corral, en las ramas de los árboles, sobre la puerta de la tienda y la casa de los niños.

Penny's Song brillaba como una joya.

Clay tomó a Trish del brazo para llevarla hacia la tarima en la que habían colocado un atril y un micrófono.

–Quiero darles las gracias a todos por haber venido esta noche para apoyar el proyecto –empezó a decir–. Pero ha sido mi mujer, Trish, quien ha organizado esta gala. ¿Quieres decir unas palabras?

Trish se acercó al micrófono y explicó cómo funcionaba el rancho, con turnos para niños que habían estado enfermos, y cómo enriquecía sus vidas y los ayudaba a reintegrarse en la sociedad.

–Espero que se queden después de la cena para tomar parte en el fuego de campamento.

Después de cenar encendieron una gran hoguera frente al corral y los adultos se sentaron en sillas o sobre la hierba mientras los niños cantaban canciones de campamento.

Más de cien personas habían firmado cheques para mantener Penny's Song a flote durante un año. Con esa ayuda, Clay no tenía la menor duda de que todo iría bien…

Pero entonces Suzy se acercó a él, llorando.

–¿Qué ocurre?

–Es mi padre, Clay. Ha sufrido un infarto… acabo de recibir el mensaje. Llevan un ahora intentando ponerse en contacto conmigo y tengo que irme ahora mismo…

Él le pasó un brazo por los hombros.

–Tranquila, tranquila –murmuró, mirando alrededor–. No te preocupes, Suzy. Todo irá bien. Yo mismo te llevaré a casa.

Clay se pasó una mano por la cara. Llevaba veinticuatro horas despierto y le mucho dolía la cabeza.

Había ido con Suzy cuando se llevaron a su padre a un hospital en Phoenix y la llevó a casa cuando volvieron a Red Ridge.

Trish no había respondido al teléfono en toda la noche.

Clay llamó a la puerta de la casa de invitados, impaciente.

—¡Trish!

La puerta se abrió y Clay dejó escapar un suspiro al ver a su hermano.

—Hola, Blake.

—Hola, Clay.

—¿Está Trish en casa?

—No, no está. Ha vuelto a Nashville.

—¿Ya se ha ido? Pero no tenía que irse hasta mañana.

—Lo sé, entra —dijo Blake—. Tenemos que hablar.

Clay entró tras él en la casa, desconcertado.

—¿Por qué se ha marchado sin esperarme? ¿Y por qué estás tú aquí?

—Estoy aquí porque se lo debo a mi hermana. Sabía que vendrías tarde o temprano y quería contarte algo. Siéntate, te lo explicaré todo mientras tomamos un café.

Clay no tenía tiempo para discutir. Seguía intentando entender por qué Trish se había marchado del rancho sin decirle nada. De modo que se sentó en el sofá y, cuando Blake puso la taza de café sobre la mesa, se lo tomó de un trago.

—Trish te vio marchándote de Penny's Song con Suzy.

—Su padre sufrió un infarto anoche y tuvieron que llevarlo a Phoenix. Suzy estaba muy angustiada y decidí ir con ella... y me alegro de haberlo hecho porque su padre ha muerto. Era un buen amigo, Blake.

–Lo siento mucho.

–Llamé a Trish varias veces para explicárselo, pero su móvil estaba apagado.

–Me dijo que querías hablar con ella después de la gala y luego te vio marcharte con Suzy… estaba tan triste que no quería escuchar excusas. Eso es lo que me dijo –le contó Blake–. Pensaba que vuestro matrimonio estaba irremediablemente roto, que habías decidido quedarte con Suzy, por eso se ha marchado. Y por eso ha firmado los papeles del divorcio.

–Pero yo no quiero el divorcio.

–Tendrás que hacérselo entender a Trish –dijo Blake–. Verás, hay cosas que no sabes… cuando éramos pequeños, mis padres estaban volcados en mí debido a mi enfermedad y se olvidaban de ella continuamente. Estaban todo el tiempo conmigo, llevándome a especialistas, cuidándome, haciéndome compañía en el hospital. No tenían tiempo para Trish y yo me daba cuenta, pero era demasiado joven como para saber cuánto iba a afectarle en el futuro. Siempre ha sido una persona fuerte y mis padres pensaban que no los necesitaba, de modo que no se ocupaban de ella. Trish se ha visto forzada a ser independiente desde muy pequeña y temía cometer los mismos errores que mis padres cuando tuviese un hijo, por eso quería esperar. Ha tenido que defenderse sola durante mucho tiempo y no quiere depender de nadie.

149

Clay intentó asimilar esa información.

–¿Por eso se ha ido?

–Creo que sí. Ella quiere ser lo primero para alguien, es lo que siempre ha querido. Y cuando le enviaste los papeles del divorcio, se le rompió el corazón.

–Maldita sea –Clay se paso una mano por el pelo–. Muy bien, lo entiendo. Y te agradezco mucho que te hayas quedado para explicármelo.

–Deberías dormir un rato. Tienes muy mala cara.

–Hazme un favor, no le digas nada de esta conversación. Tengo que explicárselo yo mismo, tengo que pedirle perdón en persona.

Tirar las cosas que no necesites.

Guardar solo las cosas necesarias.

Llamar a la inmobiliaria.

Dejar de pensar en Clay…

Trish miró la lista sobre la mesa de la cocina. Eso último no estaba incluido. Tenía una lista mental de cosas que no debía hacer, por ejemplo no mirar atrás o no llorar pero, por el momento, no lo había conseguido.

Temía haberle hecho daño a Meggie al dejar que se encariñase con Clay y se preguntó si la niña lo echaría de menos.

«Tanto como yo».

La gala había sido un éxito en todos los sentidos y, además de los cheques que les entregaron esa noche, habían recibido varias transferencias al día siguiente. El problema era que el corazón de Trish ya no estaba en el proyecto porque al ver que Suzy y Clay subían juntos a su coche se había dado cuenta de que iban a celebrar en privado el éxito de la gala.

Trish había cumplido con su cometido y Clay ni siquiera se había quedado para decirle adiós.

Como una tonta, había albergado esperanzas de retomar su matrimonio, pero verlo marcharse con Suzy había sido la gota que colmó el vaso. No tenía nada más que hacer en Red Ridge y no tenía sentido alargar el divorcio.

Los ojos de Trish se llenaron de lágrimas. Tenía que ser fuerte para Meggie, pero por dentro estaba absolutamente rota.

Secándose las lágrimas con el dorso de la mano, tomó papel burbuja para envolver una copa de cristal Waterford.

–No creo que vaya a necesitar esto en algún tiempo –murmuró.

Meggie estaba en su trona, fascinada por el ruido del papel burbuja, cuando sonó el timbre.

–Debe ser tu tía Jodi. Ha venido para ayudarme a guardar las cosas.

Su ayudante era un regalo del cielo, pensó. Llevaba dos días encerrada en el apartamento y era hora de vivir de nuevo.

Pero cuando abrió la puerta se quedó helada.

–¿Qué haces aquí?

Clay entró en el apartamento sin esperar a ser invitado y cuando vio a Meggie sus ojos se iluminaron.

La niña estuvo a punto de lanzarse de la trona al

verlo y Trish se puso furiosa. No podía aparecer allí de repente. No podía entrar y salir de su vida a voluntad.

–¿Qué haces aquí, Clay? –repitió.

Él sacó unos papeles del bolsillo de la chaqueta y Trish reconoció inmediatamente el documento de divorcio que había firmado.

–Tú sabes que soy un hombre rico. Mi parte en el rancho Worth vale millones, por no hablar del dinero que gané con mis discos.

–¿Y qué?

Cuando se acercó a la trona de Meggie, Trish contuvo el aliento.

«No la tomes en brazos. No hagas que se encariñe más contigo».

Clay acarició el pelito de la niña y luego se inclinó para darle un beso, el beso más dulce del mundo.

El corazón de Trish no podía romperse más.

–¿Por qué no me pides nada, Trish? –le preguntó–. Yo quiero darte el mundo entero.

¿Estaba ofreciéndole dinero por Meggie?

–No te entiendo.

Clay sonrió, una sonrisa enorme, brillante.

–Sé que no lo entiendes. Ese es nuestro problema, que tú no me entiendes y yo no te entiendo a ti. Pero te quiero, Trish. Os quiero a ti y a Meggie. Es lo único que entiendo de verdad.

Trish no daba crédito. Quería creerlo, pero estaba Suzy… siempre estaba Suzy.

–Te fuiste con Suzy después de la gala. Sin decirme adiós siquiera.

–Lo sé y te pido disculpas –dijo Clay–. Quería estar contigo esa noche, te lo juro. Pensaba pedirte que te quedases, pero el padre de Suzy sufrió un infarto y ella estaba inconsolable... murió esa misma noche.

–Lo siento, no lo sabía.

–No quiero que pienses que no me importas, Trish –siguió Clay–. Si pudiese dar marcha atrás en el tiempo iría a buscarte para decirte lo que pasaba. Siento mucho no haberlo hecho.

Trish pensó en Suzy y en lo terrible que debía haber sido para ella.

–¿Ella está bien?

–Es una chica fuerte, lo superará. Le he dicho que venía a verte, que te quiero. Entre Suzy y yo nunca ha habido nada. Tú eres la persona más importante en mi vida.

Era el momento que Trish había esperado, por el que había rezado durante tanto tiempo. Clay había ido a buscarla para decir que la quería.

–He dejado que mi amistad con Suzy se interpusiera en nuestro matrimonio –le confesó él– pero no volverá a pasar. Suzy se apoyaba demasiado en mí y tú, en cambio, no me necesitabas para nada... o yo creía que no me necesitabas. Pero quiero que sepas que movería cielo y tierra por ti y por Meggie. Y que no os defraudaré nunca.

Trish tenía que hacer un esfuerzo para que la esperanza no la abrumase.

–Suzy parecía la mujer adecuada para ti, por eso no podía soportarla. Ella es todo lo que yo no soy.

Clay la tomó entre sus brazos, con fuerza, como diciendo que no iba a dejarla escapar.

–Estoy mirando a la mujer perfecta para mí ahora mismo, no tengo la menor duda.

–¿De verdad?

Él sonrió y el corazón de Trish estalló de alegría.

–No debería haberte presionado para tener hijos. No entendía por qué no querías, pero ahora lo entiendo. Tu hermano me hizo ver lo que no había visto antes. Lo siento, de verdad. Siento mucho todo lo que has sufrido por mi culpa. Tú mereces lo mejor y yo quiero dártelo. Espero que puedas perdonarme por ser tan cabezota.

–Te perdonaré si tú me perdonas a mí por irme del rancho. Debería haber hablado contigo, haberte contado la verdad.

–No, es culpa mía. He sido un imbécil –dijo él con los ojos brillantes–. Pero pasaré el resto de mi vida intentando hacerte feliz, te lo prometo. ¿Qué me dices? ¿Puedo quemar los papeles del divorcio?

–Yo encenderé la cerilla –respondió Trish.

Clay suspiró, aliviado, antes de buscar sus labios en un beso lleno de cariño.

–Te quiero.

–Yo también a ti –Trish recordó algo entonces–. Pero acabo de comprar una casa y mi trabajo está en Nashville.

–Podemos vender la casa y puedes seguir trabajando desde el rancho, ¿no?

–Sí, supongo que sí. Aunque me gustaría estar con Meggie todo lo posible y hacer algo más por

Penny's Song. He estado pensando que podría hacer socia a Jodi, mi ayudante, así tendría menos trabajo.

–Lo que tú decidas me parecerá bien. Y si te gusta mucho tu casa en Nashville, podemos conservarla. Haremos lo que tú quieras.

Trish quería estar con su marido, quería que fuesen una familia, el resto se iría solucionando poco a poco.

Clay sacó a Meggie de la trona y la niña le echó los bracitos al cuello.

–¿Confías en mí, Trish?

–Del todo –respondió ella.

–Entonces, tenemos que volver al rancho ahora mismo.

–¿Ahora mismo?

–Has dicho que confías en mí.

Y, de repente, Trish supo que confiaba en aquel hombre por completo.

Estaban a la orilla del lago Elizabeth poco antes de que el sol se escondiera tras las montañas Red Ridge, el cielo era una sinfonía de naranjas y rosas.

El clan Worth: Jackson, Tagg y Callie, junto con Wes y Helen, miraba mientras Clay hacía sus promesas matrimoniales. Era el lugar perfecto, el sitio donde todos los Worth habían propuesto matrimonio a sus esposas desde que se fundó el rancho.

Trish renovó sus promesas de amor eterno incluyendo a Meggie, a la que su marido iba a adoptar.

Clay nunca se había sentido más orgulloso y más feliz y se emocionó cuando llegó el momento de sellar esas promesas con un anillo de rubíes y diamantes que había encargado para Trish un año antes.

–Para la mujer a la más quiero en el mundo, mi esposa –murmuró, poniéndoselo en el dedo.

Trish tuvo que hacer un esfuerzo para contener las lágrimas.

–Te quiero, Clay –le dijo, con voz temblorosa–. Y te querré siempre. Meggie, tú y yo seremos una familia.

Clay sonrió. Eran una familia.

Jackson le entregó entonces la antigua caja de cuero que contenía el más importante legado familiar: el collar de rubíes que una vez perteneció a la mujer que había dado nombre al lago: Lizzie Worth.

Con dedos temblorosos, Clay puso el collar de oro con un rubíes en forma de perla a Meggie en el cuello porque esa era la tradición; el collar pasaba siempre al primer hijo del primogénito.

–Para la otra mujer a la que más quiero en el mundo.

Y luego besó a su esposa y a su hija, el amor que sentía por ellas era una emoción tan poderosa que era imposible expresarla en palabras. Pero Trish lo sabía y Meggie también.

Los tres juntos formaban una hermosa imagen.

Clay no tenía la menor duda.

Deseo

Suya por un mes

MICHELLE CELMER

Emilio Suárez, directivo de la Western Oil, era un hombre que se había hecho a sí mismo y una de las personas más ricas de Texas.

Un día Izzie Winthrop se presentó en su casa. Era la mujer que lo había abandonado cuando él era el hijo de la criada de la familia de Izzie. Y ahora, la pobre niña rica le estaba pidiendo ayuda y le ofrecía la posibilidad de vengarse.

Viuda y arruinada, la bella Izzie estaba tan desesperada que aceptó ser la criada de Emilio un mes. Tiempo suficiente para que él ejecutara su venganza.

¿Había superado sus sentimientos?

¡YA EN TU PUNTO DE VENTA!

Acepte 2 de nuestras mejores novelas de amor GRATIS

¡Y reciba un regalo sorpresa!

Oferta especial de tiempo limitado

Rellene el cupón y envíelo a
Harlequin Reader Service®
3010 Walden Ave.
P.O. Box 1867
Buffalo, N.Y. 14240-1867

¡Sí! Por favor, envíenme 2 novelas de amor de Harlequin (1 Bianca® y 1 Deseo®) gratis, más el regalo sorpresa. Luego remítanme 4 novelas nuevas todos los meses, las cuales recibiré mucho antes de que aparezcan en librerías, y factúrenme al bajo precio de $3,24 cada una, más $0,25 por envío e impuesto de ventas, si corresponde*. Este es el precio total, y es un ahorro de casi el 20% sobre el precio de portada. !Una oferta excelente! Entiendo que el hecho de aceptar estos libros y el regalo no me obliga en forma alguna a la compra de libros adicionales. Y también que puedo devolver cualquier envío y cancelar en cualquier momento. Aún si decido no comprar ningún otro libro de Harlequin, los 2 libros gratis y el regalo sorpresa son míos para siempre.

416 LBN DU7N

Nombre y apellido	(Por favor, letra de molde)

Dirección	Apartamento No.

Ciudad	Estado	Zona postal

Esta oferta se limita a un pedido por hogar y no está disponible para los subscriptores actuales de Deseo® y Bianca®.
*Los términos y precios quedan sujetos a cambios sin aviso previo.
Impuestos de ventas aplican en N.Y.

SPN-03   ©2003 Harlequin Enterprises Limited

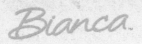

Iba a tener que debatirse entre sus obligaciones públicas
y sus deseos privados...

Para el príncipe y conocido
playboy Lysander Kahani,
las diversiones se habían
acabado. Tenía que gober-
nar un país, además de cuidar de su sobrino huérfano.
Para ello, decidió contratar
una niñera. Nada más ver a
Alyssa Dene, su lado más
travieso volvió a aparecer.
Prevenida por su reputa-
ción, Alyssa intentó mantener las distancias, pero aca-
bó cayendo en sus redes.

Entre la obligación
y el deseo

Christina Hollis

Pasión en Hollywood
JULES BENNETT

¿Quién era la exótica belleza que iba del brazo del atractivo Bronson Dane, el más perseguido por todas las mujeres? Era Mia Spinelli, de la que se rumoreaba que había sido la amante de su jefe anterior, el enemigo de Bronson desde hacía muchos años.

Ahora, ella era la asistente personal de la madre de Bronson. ¿Estaba Mia asistiendo también íntimamente a Bronson? A él se le había visto acompañándola a la consulta del médico y el vientre de Mia no podía ocultar ya su embarazo. Tal vez aquella hermosa mujer hubiera conseguido robarle el corazón al atractivo playboy y productor cinematográfico.

*¿Una verdadera historia
de amor en Hollywood?*

¡YA EN TU PUNTO DE VENTA!